La Chose
Un roman de science-fiction

Richard G. Hole

Science-fiction et fantastique

SYNOPSIS

Les premiers rochers étaient à portée de main.

Elle a fait encore deux ou trois pas, et le cri est venu de l'intérieur de son esprit et non des écouteurs.

« Tue-le, Astrid ! Tuez-le... s'il vous plait... Oh ! Tue-le... Astrid...

Le cri perçant éclata aussi dans son cerveau avec la même force qu'une explosion atomique, et elle se retourna si rapidement qu'elle faillit tomber.

Elle regarda le navire alors que l'appel de l'angoisse continuait d'éclater dans son esprit, puis elle vit La Chose.

"Tuez-le... s'il vous plaît... s'il vous plaît... !

Astrid porta sa main gauche à ses seins, étouffant le cri de terreur qui explosait dans sa gorge mais ne venait pas de son casque, et de l'autre elle prit le petit pistolet à rayons cosmiques qu'elle portait à la taille.

La masse poilue avançait, reculait...

La chose est une histoire appartenant à la série Science Fiction, une collection de romans de science-fiction et de fantasy

LA CHOSE

CHAPITRE I

"...Appel KL 1...Appel KL 1...Appel...

Encore et encore, beaucoup plus de fois, avec des intervalles de trois à quatre secondes.

En dehors de la III Galaxy, dans l'espace, tout était silencieux.

Là, au siège, les visages étaient tendus, inquiets...

Ils ont cessé de diffuser; ils s'attendaient.

Et comme toujours, seul le silence répondit.

Une minute, deux, trois...

"...Appeler KL 1. Appeler KL 1. Répondre.

Au-dessus, dans l'espace incommensurable, le vaisseau spatial continuait à se taire

En bas, dans le grand vaisseau de contrôle de l'espace, eux aussi étaient silencieux.

Espérer que.

Toujours en attente.

Des minutes, peut-être des heures.

"III Galaxy appelant KL. 1 .. Appeler KL 1. Répondez.

Silence sidéral, effrayant, incommensurable, comme c'était le cas de l'au-delà de la Troisième Galaxie.

Un silence qui a été rompu de manière inattendue pour ceux qui écoutaient.

"XA 23 appelant Galaxy III... XA. 23 appelant la III Galaxie. Ecoutez. Voyage interplanétaire retour. Nous avons une panne dans l'un des moteurs et nous dérivons vers l'un des astéroïdes Vers un astéroïde en rotation...

Le silence.

Les dispositifs de contrôle, les cerveaux superélectroniques , s'étaient à nouveau tus.

Puis vint une voix :

"Appelez-les. Ça m'intéresse.

Quelques secondes de calme terrifiant après l'appel, puis vint la réponse :

« Il y a des difficultés. L'autre moteur est en panne. Nous approchons de l'astéroïde à la vitesse de la lumière. XA 23 appelant le III Galaxy. Réponse.

La petite chose verte qu'était Knut a dit :

"Donne moi ça.

Et il a pris l'émetteur interspatial.

Pendant plusieurs secondes, voire minutes, il a essayé de contacter le navire XA 23, mais a échoué, comme il avait précédemment échoué avec le KL 1.

Communication coupée.

Ses petits yeux, comme des pointes d'épingles noires, étaient cloués aux êtres qui l'accompagnaient.

"Je pense que nous avons perdu un autre vaisseau," dit-il sans ressentir, "Mais... essayez d'établir le contact. Je vais... dormir.

Il se tourna, se dirigea droit vers l'un des panneaux d'acier barrant son chemin, lequel panneau s'ouvrit, laissant un trou en forme d'œuf pas plus gros qu'une ancienne cruche d'eau, et le Knut vert disparut de la pièce. vue des autres, quand elle se referma derrière lui.

* * *

A l'intérieur de la cabane, Astrid écarta la couverture, hésita un peu, pensant que quelque chose l'avait réveillée mais elle ne savait pas quoi, puis se pencha un peu pour ramasser une paire de semelles métalliques et les mettre sur ses pieds. placé dans ses pantoufles.

Avec une infinie prudence, elle agrippa la couchette et fit glisser ses pieds sur le sol jusqu'à ce que les semelles magnétiques fassent un léger déclic en entrant en contact avec elle.

Plus confiante maintenant, Astrid se leva et se dirigea vers le miroir.

Elle s'est regardée.

La combinaison spatiale qu'elle portait révélait des formes enviables pour toute femme qui la voyait.

Qu'est-ce qui l'avait réveillée ?

Elle fronça les sourcils, se dirigea vers le panneau qui lui barrait le chemin, et il s'ouvrit devant elle, lui laissant juste assez de place pour passer.

Elle atteignit le couloir du grand vaisseau spatial et vit Kalf.

« Que se passe-t-il ? » demanda-t-elle dès qu'elle le vit,

L'homme, son équivalent, s'approcha et d'un de ses bras l'attrapa par la taille,

"Nous approchons d'un astéroïde", a-t-il déclaré.

« Et c'est mauvais ?

« Pas bien non plus.

"Pourquoi?

Kalf la regarda de ses yeux gris, très fixes, avant de répondre :

« Les moteurs de propulsion sont en panne, Astrid.

" Et... ?

« Nous allons descendre durement.

« Avec beaucoup de force ?

Kalf fit un rapide calcul mental.

"Non. C'est la vérité. Je voulais juste te faire un peu peur.

Astrid a également calculé.

Cela faisait trois années terrestres qu'elle avait été envoyée hors de la IIIe Galaxie, vers l'une des innombrables planètes qui tournaient autour de l'étoile Antarès, et maintenant, sa mission accomplie, elle revenait.

Elle a demandé:

« Nous sommes-nous trop éloignés ?

Kalf fronça les sourcils.

"Un peu. Moins d'une année-lumière.

« Est-ce qu'il y a de l'ambiance ?

« Tout comme tu as besoin d'elle, Astrid, de retour sur notre lointaine planète, je crains que non.

"Je porterai le chapeau", a-t-elle répondu en faisant référence, bien sûr, à la coque transparente lorsque pour une raison ou une autre elle devait quitter un navire pour se rendre également dans n'importe quel endroit où il n'y avait pas d'atmosphère.

"Viens.

La tenant toujours par la taille, il faillit l'entraîner vers l'immense cockpit du XA 23, devant lequel il s'arrêta devant le panneau d'entrée.

« Sais-tu que tu es belle, Astrid ? " dit-il, à l'improviste et en la regardant.

Elle était la seule femme à bord et Astrid le savait.

"Oui. Au moins c'est ce que...

Il l'embrassa, la coupant, et Astrid posa ses mains sur son cou.

"Tout cela est magnifique", dit-elle, une seconde avant d'écraser ses lèvres contre celles de Kalf dans un baiser qui l'étourdit.

Une minute plus tard, la porte magnétique, le panneau, s'ouvrit devant eux et ils passèrent de l'autre côté.

Ming était devant le panneau de contrôle du vaisseau spatial.

Il les regarda alors que l'écran à sa droite reflétait leurs images derrière lui.

" Rien de nouveau?

Ming a pris quelques secondes pour répondre.

"Nous avons perdu le contact avec 111 Galaxy Space Control.

« Donnez-moi les émetteurs, Ming.

Ming n'hésita pas, ne le regarda même pas tandis qu'il indiquait de sa main bleue ce qu'il avait perdu.

"Vous le regardez" était ce qu'il a dit.

Il ne regarda pas Astrid.

Pour lui, c'était comme si la fille n'existait pas.

Son système de reproduction était différent et Astrid, pour lui, était quelque chose de complètement incompréhensible à tous égards.

Kalf ne répondit pas.

Il s'assit à côté d'elle et essaya d'établir un contact, mais n'y parvint pas.

« Que se passe-t-il ? demanda-t-il ensuite.

"Je ne sais pas," répondit Ming. Nous dévions. C'est tout.

"Les moteurs... ?

Ming le regarda.

Son visage bleu était inexpressif.

« Nous y serons dans vingt... Eh bien, une de ces vingt minutes sur lesquelles vous comptez habituellement.

Astrid est intervenue.

« Allons-nous descendre sur cet astéroïde ? Je veux dire si...

"Je sais ce que tu veux dire, Astrid", a interrompu Ming, et ma réponse est non. Au moins vous.

"Pourquoi?

Dans les yeux d'Astrid, il y avait du défi.

"Vous êtes une femme.

« Et en tant que tel un peu mieux que toi. Tu n'es bon qu'à conduire un vaisseau interplanétaire. Dis-moi, Ming, d'où viens-tu ?'

"D'un endroit... des étoiles. Quelque chose d'incompréhensible pour votre esprit obtus. Astrid.'

« Est-ce que tu vas descendre ? elle a demandé.

"C'est comme ça.

« Alors moi aussi.

« Vous pouvez le faire. Moi, commandant du XA.23, je ne peux pas vous en empêcher.

« Mais vous vous plaindrez au Grand Conseil.

"Je le ferai donc.

"Si nous y arrivons," dit lentement Astrid. Rien ne fonctionne sur ce vaisseau, je vois. Juste les moteurs à réaction, sinon nous serions écrasés maintenant. Allez, je veux le voir.

Ming tourna ses petits yeux de diamant vers le visage de Kalf.

Il n'a rien dit.

"Regarde-le, Astrid, et j'espère que tu l'aimes aussi peu que je l'aime.

Elle se dirigea vers le tableau de bord, faisant très attention de ne pas le frôler en passant devant lui.

Le petit écran s'est allumé.

L'encart, l'astéroïde s'approchant d'eux à une vitesse incroyable.

"C'est très gros ?" demanda-t-il avec de grands yeux.

« Environ cinq cents de vos milles carrés. Astrid," répondit Ming. Aucune atmosphère et presque aucune gravité.

« Ce qui nous sera utile pour nous relever dès que nous aurons réparé cette panne.

"Oui, nous le pouvons", a répondu Ming.

Astrid ne répondit pas.

C'était comme si elle ne l'avait pas entendu.

Ses grands yeux noirs étaient fixés sur le petit écran électronique.

Noirceur et points se déplaçant d'un côté à l'autre, également à une vitesse incroyable.

Astrid savait que c'étaient les étoiles.

Parmi eux le plus brillant, Antarès, celui qu'il aurait aimé visiter, mais le Grand Conseil l'avait interdit.

En dessous, presque en dessous d'elle, l'astéroïde dont ils s'approchaient.

« Il y a danger ?

Je ne m'y attendais pas, mais c'est Kalf qui a répondu :

« Rock cosmique, Astrid. Quelque chose de complètement inhabité. Il n'y aura aucun danger.

Les yeux de Ming se tournèrent vers le petit écran fluorescent.

Il n'a rien dit.

"Voulez-vous venir avec moi ?

A ce moment il parla :

"Je descends moi-même, Astrid," dit-il. Kalf restera sur le navire. rocher cosmique.

Maintenant, il le voyait avec une clarté presque parfaite.

Du rock, du rock et encore du rock ; bouts pointus...

Quelque chose de sinistre.

Un petit monde de silence, sans air, sans eau, plein de poussière et criblé de l'impact de millions et de millions de météorites.

Un mystérieux monde cosmique tournant autour d'Antarès à la vitesse de la lumière.

Un monde d'ombres fantomatiques.

Astrid frissonna, mais aucun des deux êtres à ses côtés ne s'en aperçut.

Elle détourna les yeux de l'écran et regarda Ming alors que le bras de Kalf était déjà autour de sa taille.

« Tu t'attends à ce que je reste à l'intérieur du vaisseau avec ça, Ming ? "Elle a demandé.

Le visage bleu du commandant devint fluorescent.

« J'espère que c'est votre bon sens. Cependant, je ne vais pas essayer de vous arrêter, Astrid.

La fille ne répondit pas.

Sa main droite était posée sur le bras de Kalf.

"Je t'aime, Astrid... Je t'aime... Je t'aime tellement..."

Elle aimait ça.

C'étaient des mots d'heures ou de jours auparavant; son esprit ne pouvait pas saisir le temps incommensurable de l'espace, mais il aimait ça.

Elle se serra contre lui.

"Calf.

"Oui...?

« Avertis par les interphones que nous descendons dans trois minutes.

Kalf ne répondit pas, entraînant Astrid avec lui et tous deux quittèrent la salle de contrôle.

CHAPITRE II

La surface de l'astéroïde n'était pas couverte de cratères comme sur la Lune.

Astrid s'en souvenait parfaitement.

C'était simplement une étendue de roche déchiquetée et enfoncée. Un bloc de pierre, peut-être détaché d'une planète inconnue il y a des millénaires.

De forme ovoïde, et où grâce à ses épaisses chaussures de fer il pouvait rester debout sans être projeté dans l'espace, car il manquait presque de gravité.

La voix de Ming parvint à son oreille à travers les petits écouteurs de chaque côté du casque qu'elle portait :

« N'allez pas trop loin, Astrid.

Elle n'a pas répondu.

Le vaisseau spatial avait atterri sur la surface poussiéreuse de l'astéroïde, dans une direction inversée, et sa pointe lumineuse et brillante pointait vers les étoiles et les corps célestes qui composaient la constellation d'Antarès.

"Tu m'entends ?

Astrid grimaça.

"Oui.

« Eh bien, répondez.

Elle le regarda.

Ming s'accroupit devant l'un des moteurs d'entraînement, comme un ver, comme une chose visqueuse et uniforme, mais puissamment intelligente.

D'une intelligence surnaturelle.

Elle commença à s'éloigner du vaisseau, pas à pas, enfonçant ses bottes dans l'épaisse poussière grise et ocre qui composait le sol de l'astéroïde, s'éloignant de plus en plus du vaisseau, poussée par sa curiosité scientifique plus qu'autre chose.

Au sol, en train de manipuler, le corps bleu de Ming se confondait avec la peinture du vaisseau spatial.

Astrid continua d'avancer.

Les premiers rochers étaient à portée de main.

Elle a fait encore deux ou trois pas, et le cri est venu de l'intérieur de son esprit et non des écouteurs.

Le Grand Conseil l'avait interdit, mais le fait était réel :

« Tue-le, Astrid ! Tuez-le... s'il vous plait... Oh ! Tue-le... Astrid...

Le cri perçant éclata aussi dans son cerveau avec la même force qu'une explosion atomique, et elle se retourna si rapidement qu'elle faillit tomber.

Elle regarda le navire alors que l'appel de l'angoisse continuait d'éclater dans son esprit, puis elle vit La Chose.

"Tuez-le... s'il vous plaît... s'il vous plaît... !

Astrid porta sa main gauche à ses seins, étouffant le cri de terreur qui explosait dans sa gorge mais ne venait pas de son casque, et de l'autre elle prit le petit pistolet à rayons cosmiques qu'elle portait à la taille.

La masse poilue avançait, reculait...

* * *

Knut sembla subir une métamorphose alors qu'il s'allongeait sur le lit et étendait ses tentacules autour de son corps rond de chose verte.

Puis il ouvrit ses petits yeux, regarda autour de lui et sauta du lit au sol, où il glissa rapidement vers les panneaux qui lui barraient le chemin et qui s'ouvrirent lorsque sa masse presque transparente brisa la cellule nucléaire qui maintenait les portes fermées.

Il est allé de l'autre côté.

Ses sentiments extragalactiques n'ont pas changé le moins du monde, et son corps unicellulaire n'a pas souffert le moindre frisson alors qu'il s'approchait de la salle de contrôle de la III Galaxy.

« Comment ça se passe ? demanda-t-il d'une voix étrangement sombre.

"La même chose qu'avant.

Avant ou après.

Cela n'avait pas d'importance.

Le temps ne comptait pas en secondes, en minutes ou en heures.

Pas pour des années-lumière ou des siècles-lumière.

C'était un simple calcul mathématique qui ne comptait pas à l'époque.

« Des nouvelles... ? » Il article.

Les vingt qui y travaillaient, parmi les cerveaux électroniques, parmi les systèmes de contrôle interplanétaires, le regardaient, comme si la question leur avait été posée à tous ensemble.

Mais seul Dee a répondu.

« Le XA 23 ne répond pas. Il a dû être perdu.

"Oui, c'est ça", répondit Knut d'une voix monocorde. Il fit signe, Dee s'éloigna des commandes et Knut monta sur le siège en utilisant une de ses pattes.

"Galaxy III appelant XA 23... Galaxy III appelant XA 23. Répondez.

Le silence.

Absolu, étrange, terrifiant, qui lui venait de la constellation Antarès entre murmures, sifflements, qui parlait de choses éthérées et impalpables.

"Space Control appelant XA 23. III Galaxy appelant XA 23. Réponse.

N'importe quel.

De l'inconnu, là-bas dans les étoiles, le silence qui vint était répugnant, mais Knut n'était conscient de rien.

Tout à coup, il a changé de fréquence.

« Le contrôle spatial appelle KL 1. Le contrôle spatial appelle KL 1. Répondez.

Il se tut, et ses petits yeux, brillants comme des pointes de diamant, regardèrent ceux qui le regardaient.

"Je vais devoir me présenter," dit-il.

En sens inverse, il a glissé le long du pied du siège et sur le sol.

Ses yeux aux couleurs changeantes étaient aussi verts que son corps alors qu'il fixait la silhouette silencieuse de Dee.

"Je vais dormir" précisa-t-il.

Il sembla ramper sur le sol en s'approchant du panneau, qui s'ouvrit comme d'habitude pour le laisser passer.

Dee, blonde et forte comme une Norse du XXe siècle de retour sur Terre, s'assit aux commandes.

Lillie s'approcha de lui, hésita quelques secondes, et finit par placer une de ses petites mains aux longs doigts fins et bien coiffés sur son bras.

Dee détourna les yeux de l'écran qui reflétait le ciel noir et qui, au contraire, ne montrait l'image d'aucun vaisseau interstellaire, et se fixa sur elle.

« Qu'est-ce que tu en penses ? » demanda-t-il.

« Que j'aimerais écraser cette chose verte sous mes pieds.

Mais même elle-même n'était pas sûre de la véracité de ses sentiments à l'égard de Knut.

"Et moi aussi... mais c'est quelque chose... quelque chose que nous ne pouvons pas faire," répondit gravement Dee. Nous serions déportés vers n'importe lequel des astéroïdes en orbite autour de Jupiter dans la dimension 1.

Lily soupira.

Elle se souvenait de la Terre Mère.

"Continuez à appeler, Dee" était ce qu'elle a dit.

Dee l'a fait une fois de plus; plusieurs autres...

Le silence spatial continua.

* * *

Le cri à glacer le sang s'éleva de sa gorge comme un torrent imparable, mais il resta là, à l'intérieur de la cloche au-dessus de sa tête, l'assourdissant bien plus que s'il s'agissait des voix de Ming.

Mince...

Où était Ming ?

Elle ne veillait plus sur lui maintenant, ni n'écoutait le son de sa voix.

Juste la Chose, la Terreur se déplaçant d'avant en arrière, semblant se diriger vers elle, s'éloignant, sa masse répugnante de gelée poilue se déversant sur la surface de l'astéroïde.

« Tue-le, Astrid... !

Elle cessa de crier, et avec le pistolet à rayons cosmiques à sa taille fine, Astrid appuya sur la gâchette.

Mais quand elle l'a fait, la Terreur n'était plus devant ses yeux et les voix transmises par télépathie à son cerveau avaient cessé de se faire entendre, bien qu'elle ne le sût pas.

Là, en arrière-plan, à côté du navire, à côté d'un des moteurs qu'il venait de finir de réparer, Ming s'est transformé en un nuage orange, lorsque l'éclair a touché son corps, et a disparu.

Astrid leva son bras armé jusqu'à son front, mais elle ne put toucher que cette sorte de clochette qui lui couvrait la tête.

Soupir.

A côté de ses petites oreilles, l'émetteur était muet.

Devant ses yeux, le cauchemar avait disparu.

Ming serait content.

Il la féliciterait et même son nom finirait sur les listes de Diamant du Grand Conseil de la Troisième Galaxie.

Regarda vers le haut.

Les étoiles, le silence, la poussière cosmique suspendue au-dessus de l'astéroïde comme une couverture mortelle.

Lointain, bien que pas si loin qu'il ne puisse l'atteindre avec ses mains, au-delà de la petite ligne de l'horizon de l'astéroïde ; Antarès.

Elle frissonna en regardant autour d'elle.

Puis le navire, à quelques pas de là ; rien n'a bougé.

Elle porta la main à son oreille droite, à la partie externe qui lui correspondait, et essaya d'ajuster l'émetteur.

C'était bon.

Il a commencé à appeler Ming.

Le silence.

Elle était dépassée.

Elle avait tué la chose.

Mais si oui, pourquoi Ming n'a-t-il pas répondu ?

A sa propre question, un sentiment d'horreur la prit et c'est alors que, sans lâcher l'arme, Astrid courut vers le navire.

Ses bottes de grav lui servaient bien, mais il était également vrai qu'elle devait les aider.

Elle n'y a même pas pensé, alors elle est tombée plusieurs fois avant d'atteindre le vaisseau spatial.

Ce n'est qu'alors qu'elle rangea le pistolet à rayons cosmiques, s'agrippa à l'échelle et commença à grimper vers la porte d'entrée.

« Ne le dis pas, Astrid, tu comprends ? Vous, comme moi, devez garder le silence sur ce que nous avons vu là-bas. Par contre, tu l'as tué, Astrid, tu comprends ça ? Inutile d'alarmer l'équipage ou Kalf.

Astrid s'arrêta net, les deux mains sur la porte.

Puis il regarda dans son esprit.

"Min... ? demanda-t-elle d'une voix télépathique.

"Oui.

"Ce n'est pas normal. Ce n'est pas courant. Le Grand Conseil l'a interdit.

Le rire de Ming la surprit un peu, puisqu'elle ne l'avait jamais entendu rire depuis qu'elle était montée à bord du vaisseau spatial.

"Ils ne peuvent pas nous entendre maintenant, Astrid" il y eut une pause dans son cerveau puis ses cellules sensorielles lui relayèrent le message : "Tu ne vas pas leur dire non plus. Allez, entrez.

"Ces moteurs..." commença-t-il.

« Entrez, Astrid ; Je m'occuperai de finir de les réparer.

La fille ne répondit pas.

Elle franchit le seuil et se trouva dans le long couloir lambrissé, richement éclairé, lumineux et silencieux.

Elle fit un pas, deux, trois, et son esprit répéta la phrase en lui, traduite en une nouvelle question ;

« Où vas-tu aller maintenant, Astrid ?

« Pour voir Kalf.

« Est-ce que tu vas lui dire ?

« Pas si tu n'en veux pas.

« J'ai dit que c'était un ordre ; que tu oublies

"Oui je sais.

Son esprit est devenu vide.

Elle continua à marcher vers la salle de contrôle où elle savait qu'il trouverait Kalf.

« Je t'aime, Astrid... Je t'aime et je te veux. Tu sais que c'est vrai ? Je veux que tu sois à moi..."

Elle avait répondu qu'elle savait, mais rien de plus. Ensuite, cela peut arriver ou non. Elle ne savait pas, mais elle aimait sentir le murmure de cette voix près de son oreille et la caresse de ces mains sur sa peau.

Soudain, elle s'arrêta, hésita un peu et cria mentalement :

« Ming... Ming... Tu m'entends, Ming ?

"Oui.

"Où es-tu ? Je ne peux pas plonger dans ton esprit et donc...

« Dehors, finissant l'un des moteurs. Dites à Kalf de se tenir prêt et de donner l'ordre de fouiller tout le vaisseau avant de décoller.

"D'accord. Mais... n'utilise plus ce pouvoir, je n'aime pas ça.

"As tu peur ?

« Vous pouvez deviner toutes mes pensées. Même quand... je me mets à poil.

« Je sais. Mais je ne fais pas ça. Nous ne nous ressemblons pas, Astrid, et ton corps ne me dit rien. Rien, tu comprends ?

« Pourtant, je n'aime pas ça.

« Je ne le ferai plus, je te le promets.

Astrid se tut et fit un pas vers le panneau, les portes s'ouvrirent et Kalf tourna la tête dès qu'il la vit se refléter sur l'écran à côté de lui.

« Et Ming ? Il a demandé.

Astrid a enlevé son casque transparent.

"Dehors. Finissant cet autre moteur. Il a dit de transmettre l'ordre de recherche, je pense que nous partirons très bientôt.

Kalf arracha ses yeux des siens, prit un petit émetteur, semblable aux combinés utilisés sur Terre cinq mille ans auparavant, et le porta à ses lèvres.

« Jem... ? » demanda-t-il.

La voix est ressortie avec une clarté parfaite.

"Salle de contrôle. Du nouveau, Kalf ?

"Allons-y. Vérifiez tout cela et donnez-moi le rapport.

« Et Ming... ?

"Fin. Apparemment, cette faute n'était pas si importante.

« Et les émetteurs ?

« Helius essaie de comprendre pourquoi ils ne fonctionnent pas. Sans attendre de réponse, Kalf coupa la communication.

Les mains d'Astrid étaient sur ses épaules ; ses yeux pétillaient.

"Tu m'aimes?

Elle a fait une grimace.

"Je ne sais pas.

"Essayer de trouver.

"Je l'ai déjà fait" sourit-il. Peut-être... Peut-être que je commencerai à te vouloir et...

" Et... ? répéta-t-il, comme un écho.

« Je ne sais toujours pas si c'est vrai ou non.

Kalf a mis plusieurs secondes à répondre.

Et quand il l'a fait, il posait une nouvelle question :

« On pourrait y aller ensemble, non ?

« Je suis affecté à la deuxième planète de la Première Galaxie, Kalf.

Et elle pressa ses mains contre ses épaules. Celles de Kalf étaient maintenant autour de sa taille.

«Même ainsi, dit-il, nous pourrions y aller ensemble. Pourquoi ne quittes-tu pas ce travail, Astrid ?

« Pour élever des enfants ?

"Et pourquoi pas?

« Pour moi, cela n'a rien de scientifique, Kalf, tu comprends ? Non, vous ne le comprenez peut-être pas, mais c'est ainsi. Pour moi, c'est un processus très long et laborieux ; délicat.

"Alors...

Astrid l'interrompit.

« Ming sera là dans quelques minutes, dit-il, et nous allons sortir d'ici. Je... Je serai dans ma cabine. Appelle moi si tu as besoin de moi.

Elle se détourna et les yeux de Kalf se posèrent sur le tableau de bord compliqué devant lui.

Lumières qui s'allument..., s'éteignent..., s'allument...

Un jaune.

Il a pris l'émetteur.

"Oui...?

"Salle de transmission," dit la voix d'Hélius . Il n'y a pas de faute. Nous pouvons communiquer.

"Comment...?

« Je ne sais pas, Kalf. C'était quelque chose de complètement inattendu. Soudain, tout cela a été mis en œuvre.

"Correct. Contactez le Contrôle de l'Espace à Galaxia III, et dites-leur que nous allons décoller dans quelques minutes, et tout va bien.

" Ming...?

« Sortez », répéta-t-il une fois de plus. Fin.

Il raccrocha, attendant que Jem lui donne un dernier message avant le grand match.

CHAPITRE III

Son esprit était vide.

Kalf a fait un effort pour la contrôler, pour essayer de lui faire réfléchir, mais il n'a pas pu.

Son cerveau ressemblait à une éponge, ou du moins c'était ce qu'il ressentait.

Il essaya aussi de lutter contre ce qui le possédait à l'intérieur, de bouger, et il n'y arrivait pas.

"Calf...

Il transpirait et à l'intérieur du navire la température était contrôlée, conditionnée, selon la constitution de chacun de ses membres d'équipage.

"Oui...?" "Son cerveau fonctionnait normalement." Qui m'appelle ?

"Ming.

Son visage s'assombrit.

"Où êtes-vous ?

« Dans la salle de diffusion. J'ai pris contact avec Space Control.

" Et... ?

"Préparez-vous, nous allons décoller.

Kalf a pris quelques secondes pour répondre.

« Leur avez-vous dit que vous communiquiez avec moi par votre esprit ?

Et tout comme Astrid fut surprise, il fut aussi surpris quand il l'entendit rire.

"Maintenant, ils ne nous entendent pas" étaient aussi les mêmes mots que j'avais déjà dit à la fille. Tu ne vas pas lui dire non plus.

"Rien d'autre ?

La voix de Ming semblait sombre à travers l'agitation mentale qui le possédait en ce moment.

« Vérifiez tout cela ; comptez jusqu'à zéro et abaissez le levier.

"La porte...

Ming éclata de rire.

« Tout est prêt dehors, Kalf. Là, vous utilisez également votre esprit. Le Grand Conseil n'aime pas ça non plus.

N'a pas répondu.

Ming a également cessé de lui transmettre.

Le vide intérieur qu'il ressentait a cessé et avec un esprit lucide, il a fixé ses yeux sur les commandes.

Il se mit à appuyer sur des boutons, à vérifier des chiffres, à contrôler les lumières changeantes qui parlaient sur le panneau mural devant lui, et soudain il se mit à compter, seconde par seconde, en utilisant l'ancien système de la Terre quand le premier homme, il y a des millénaires, a marché sur la Lune.

« ...Trois...deux...un...zéro.

Il baissa le levier.

Avec un sifflement affreux et les rugissements de l'enfer se sont déchaînés, le vaisseau spatial a décollé du désert d'astéroïdes et s'est lancé dans l'espace en naviguant à travers les flammes, au-dessus d'eux, plus vite et plus haut, vers les étoiles, vers le firmament d'Antarès.

Dans la salle de communication, Helius examinait tous les énormes appareils électroniques, les ordinateurs et toutes les cartes pointaient vers la même chose.

Tout, exactement tout, a parfaitement fonctionné.

D'autre part, la transmission avec Space Control était limpide et limpide.

Helius est allé tourner, mais ne pouvait pas,

Une lumière qui s'allume..., qui s'éteint..., qui s'allume...

Il prit le comlink spatial et attendit.

"Galaxy III appelant XA 23, Galaxy III appelant XA 23. Réponse.

Helius connaissait trop bien la voix de Knut et répondit ;

" Navire interstéral vers III Galaxy. Contact. Je t'entends parfaitement. A bord tout se passe normalement.

La voix de Knut l'interrompit.

"Laisse ça maintenant, ça n'a pas d'importance" dit-il. Changez de cap pour 2 LM, 3. Contactez Ming et passez la commande.

"D'accord. Autre chose ?

« Continuez simplement à écouter les instructions supplémentaires. Le changement de cap doit être effectué exactement dans les trente minutes. Court.

Silence... Long, lourd, suspendu sur ses épaules, et c'était étrange.

Cela ne lui était jamais arrivé dont il se souvenait ; jamais éprouvé un tel sentiment.

Il lâcha l'interphone et étala devant ses yeux une carte de la constellation d'Antarès, dessus il fixa sa route, et il se figea...

Je ne l'ai pas compris.

Après une légère hésitation qui dura quelques secondes, Helius décrocha l'un des combinés intérieurs et commença à appeler.

Quelques secondes plus tard , la voix de Kalf lui parvint.

"Oui...?

"Salle de communication," dit-il. Je suis Hélios.

"Que se passe-t-il?

"Min... ?

« Non. Quelque chose de nouveau ?

« Essayez de le localiser, Kalf. Il y a un changement de direction. Je viens de recevoir la commande.

De l'autre côté, dans la salle de contrôle de l'immense vaisseau interstellaire, Kalf resta silencieux quelques secondes, et finit par répondre :

« Donnez-moi le nouveau cours, Helius.

A fait.

Un nouveau silence, plus effrayant, plus lourd que jamais.

Helius lui-même l'interrompit avec une question :

« Quelque chose ne va pas, Kalf ?

"Non. Je réfléchissais.

"En quoi?

« Ils nous envoient à Cérès, n'est-ce pas ?

"Oui c'est comme ça.

« N'y a-t-il pas d'erreur, Helius ?

"Non. L'ensemble du système de communication fonctionne parfaitement.

« Qui a donné l'ordre ?

"Knut.

Kalf garda le silence quelques secondes et répondit :

"Je ne peux pas expliquer.

"Moi non plus.

Il y eut un troisième silence, et soudain Kalf demanda :

« Passez-moi Knut, Helius.

Il y eut un léger crissement et la communication interspatiale fut établie.

"Kalf appelle Galaxy III... Kalf appelle Galaxy III...

Il l'a répété plusieurs fois et a finalement reçu la réponse de Knut lui-même.

"Je demande une confirmation bien sûr", a déclaré Kalf.

" Ratification correcte. Où est Ming ?

Kalf réfléchit rapidement.

"Dors," mentit-il.

« Ne le réveillez pas, mais le parcours est précis. Redis-le, Kalf.

Il le fit lentement, comme si cela lui coûtait un immense effort et dès qu'il eut fini, Knut répondit :

« C'est exact.

"Cela nous éloigne du Galaxy III...

Il l'interrompit sèchement :

"C'est un ordre du Grand Conseil. Je sais que ça les éloigne de cinquante années-lumière, mais il faut y aller. Helius doit rester dans la salle de communication jusqu'à nouvel ordre. Court.

Le silence.

Kalf fronça les sourcils, mais n'eut aucun contact avec Helius.

À ce moment-là, de retour dans la galaxie III, à cent cinquante années-lumière, Knut dormait, mais ce Kalf ne le savait pas et ne le ferait peut-être jamais.

Dans la salle de transmission, après la communication interplanétaire, Helius avait les yeux fixés sur Cérès.

Cinquante années-lumière.

Un délai de plusieurs mois pour arriver à destination. '

Il pensa à Astrid.

La Terrienne était fatiguée, tout comme lui, pour la simple raison que son système biologique était exactement identique au sien.

Ils aimaient de la même manière et jouissaient de la même manière, et même leurs pensées étaient les mêmes.

La seule femme sur le bateau ou son équivalent.

C'était incroyable.

Kalf a attiré l'attention d'Astrid et il... il la voulait. Il voulait la faire sienne et...

Il divaguait au lieu de concentrer son attention sur ce qu'il faisait.

Ming.. ,.

C'était un mystère.

Le commandant du vaisseau interstellaire savait positivement qu'il était strictement interdit de se parler par télépathie, et il l'avait utilisé.

C'était incompréhensible.

Il leva les yeux des quadrants qu'il examinait, malgré ses pensées désagréables, et se retourna pour regarder autour de lui.

Il n'eut pas le temps car à ce moment il la vit, à l'intérieur du vaisseau aucune combinaison spatiale n'était nécessaire, et Astrid n'en portait pas.

Ses longues jambes nues étaient une attraction de plus pour lui et il éprouvait le même désir qu'avant ; toujours.

Tout en lui l'appelait à nouveau, de la haute tête aux pieds minuscules, et le voyage vers la Troisième Galaxie fut court.

C'était pour lui-même, malgré cette étrange envie de changer de cap.

Il pensa à Kalf.

Il voulait la fille aussi ; ce n'était pas un secret, la transmission de pensée fermait toute possibilité pour que cela existe, du moins à l'intérieur du vaisseau parmi les cinquante membres qui composaient l'équipage du XA 23.

Il se demanda si Astrid devinait et ferma la vanne sur son esprit.

Il la regarda.

Astrid se rapprochait de lui ; Elle lui sourit, sensuelle, provocante, avec ses beaux grands yeux qui brillaient comme des étoiles, exactement comme ceux qui brillaient dans l'espace interplanétaire noir et infini.

« Je ne t'ai jamais vu par ici... » dit-il, plus que tout pour briser le silence qui devenait accablant.

Le sourire d'Astrid s'agrandit.

"J'aime ça" dit-elle d'une voix douce et caressante, comme une provocation de plus. Pourquoi ne me le montres-tu pas, Helius ?

« T'enseigner... ? » répondit-il. Le fait que ?

Elle regarda autour d'elle, le frôlant déjà.

« Tout ça. Ces dispositifs de transmission compliqués sont intéressants » elle le regarda dans les yeux et ajouta : « N'oubliez pas que je suis scientifique.

"Je préfère te voir en femme" risqua-t-il.

Astrid se retourna.

"M'aimez-vous ?

"Oui.

Elle s'arrêta à son tour et il vit l'éclat de ses yeux devant les siens, l'obsédant, essayant de découvrir la vérité de sa pensée, mais il avait fermé son esprit à temps à toute curiosité extérieure.

« Kalf m'aime aussi... il me veut, Helius...

d'Hélius s'assombrit.

"Je sais," dit-il.

Il y eut une pause, très courte, qu'Astrid brisa.

« Ne sois pas comme ça, tu veux ? Viens et montre-moi ça.

Elle attrapa son bras et Helius tressaillit.

C'était fou.

Une folie ancienne qui s'est répandue dans toutes les galaxies lorsque deux personnes, deux choses, deux mutants biologiquement purs de sexes différents, se sont rencontrés.

Une folie dont il ne voulait pas être guéri.

"Viens," dit-il, faisant écho à ses paroles, puis il attrapa sa taille délicate avec l'un de ses bras, l'attirant contre son corps.

Astrid n'a pas résisté quand il a failli l'entraîner vers les ordinateurs.

A ce moment, dans la salle de contrôle, Kalf changeait le cap du vaisseau, cherchant la sortie de la constellation Antarès à deux fois la vitesse de la lumière.

Quelques heures plus tard, ou peut-être que la réalité était que seulement quelques secondes ou un temps infinitésimal s'étaient écoulés, il s'arrêta devant l'écran de la boîte de transmission principale, la portant toujours autour de la taille.

« A quoi sert cet écran ?

Helius inclina la tête pour regarder son beau profil.

« Vous ne savez pas ? demanda-t-il à son tour.

"Non. Je ne suis monté dans un vaisseau spatial qu'une seule fois, et c'était... pour rester en dehors de la Troisième Galaxie pendant trois ans. Maintenant, je reviens et je m'ennuie, Helius. Dites, à quoi ça sert ?

Helius l'obligea.

« Tu vois ces boutons rouges et blancs, Astrid ? demanda-t-il en pointant la boîte directement sous l'écran. C'est le contrôle de l'espace. Appuyez sur n'importe laquelle après avoir posé une question à l'ordinateur, et vous verrez l'écran, et même la photographie parlante, si la question fait référence à un être vivant, vous donner la réponse. Sinon, la réponse apparaîtra écrite.

Astrid le dévisagea.

Ses yeux étaient plus brillants que jamais, plus beaux, plus désirables, quand elle demanda :

« Puis-je vous dire qui je suis vraiment ?

Hélius éclata de rire.

"Bien sûr," dit-il. Votre histoire complète, depuis votre naissance jusqu'à aujourd'hui, et celle de votre génération, d'il y a deux ou trois siècles.

Astrid le regarda avec incrédulité.

"Non!

Helius la regarda avec surprise.

"Pourquoi?

« Pour la même raison que tu ne veux pas me laisser entrer dans ton esprit. Vous avez fermé la trappe, n'est-ce pas ?

Helius rit à nouveau, la rapprochant encore plus contre son corps.

« C'est la même chose que vous avez faite, n'est-ce pas ? "Il a demandé.

"Je suis une femme.

« Oui, c'est vrai... ou son équivalent selon l'endroit où vous vous trouvez. "Il fit une pause, qu'Astrid n'interrompit pas, et après quelques secondes de silence il demanda : 'Est-ce à cause de ça ou pour que je n'ai pas pu savoir si tu aimais aussi Kalf ?

Astrid se glissa comme un serpent dans ses bras qui continuaient d'emprisonner sa taille, et elle lui fit face en portant ses mains à ses épaules.

« Pourquoi ne m'embrasses-tu pas et découvres-tu par toi-même ? demanda-t-elle doucement.

Hélius s'inclina.

Et il a fait face à quelque chose de terrifiant...

Helius a essayé de se dégager, mais il n'a pas pu.

Il s'arracha la bouche et poussa un cri sourd et à glacer le sang ; un cri qui ricocha de mur en mur jusqu'à s'éteindre de lui-même à l'intérieur de la régie, après un gargouillis étrange et brutal...

Dans sa chambre, sur sa couchette, Astrid dormait paisiblement. Elle était souriante et heureuse dans son rêve. Les bras de Kalf l' entouraient.

CHAPITRE IV

Knut lui a physiquement arraché l'émetteur et l'a collé à sa bouche.

"Space Control appelant XA 23 "a commencé par une monotonie désespérée." Space Control appelant XA 23.

Silence gravitationnel qui a été rompu de manière inattendue au troisième appel.

"FOR. 23 appelant le contrôle spatial... XA 23 appelant le contrôle spatial. Contact.

Knut lança un regard perçant à Dee et Lillie, et avant d'ouvrir le contact, il demanda :

« Ils ne répondaient pas, n'est-ce pas ?

Tout de lui était étrange ; dépourvu de nerfs, du moins d'un système comme le savaient les scientifiques de la Terre, transparent à certaines occasions, également dépourvu de sentiments, d'émotions, à un certain moment il pouvait être ironique, et c'était, sans aucun doute, une question ironique.

Ce fut Lillie qui commença à répondre, mais Knut avait déjà établi un nouveau contact avec le vaisseau.

« Comment ça va ? » demanda-t-il,

"Tout fonctionne avec une parfaite régularité", répondit la voix de Kalf . Tout en ordre. Nous approchons du Galaxy III, commandé il y a deux mois.

« Donnez-moi la direction,

La voix de Knut, lorsqu'il a fait la demande, était aussi verte que son étrange corps de chose spatiale intelligente.

Kalf lui a dit.

"C'est correct "approuvé". Suivez ce cours par tous les moyens et vous arriverez. "Il s'est arrêté et a demandé," Cette Terrienne, comment va-t-elle ?

« Tu veux dire Astrid ?

"Oui. Je suppose qu'il n'y en aura pas d'autre, n'est-ce pas ?

"Non, il n'y en a pas" , continua la voix de Kalf . Et elle est parfaitement.

« Prends soin d'elle, Kalf », répondit Knut. C'est important pour le Grand Conseil, bien que moi, en particulier, je ne sache pas pourquoi.

de Kalf ne répondit pas à cela, et avec quelque chose comme une grimace, Knut transmit le dernier message du moment, ferma les commandes de transmission, glissa au sol, et là son corps prit la couleur du carreau où il se tenait. .

Il les regardait, mais ni Lillie ni Dee ne pouvaient voir le fait car elles pouvaient à peine le distinguer.

« Pourquoi ne partent-ils pas ? demanda-t-il soudain.

"Partir...? Où aller ? a demandé Dee.

Le rire de Knut était également vert quand il a répondu,

"Les Terriens sont un fléau," dit-il sérieusement, "et vous deux aussi. Pourquoi n'y vont-ils pas ?

« Où ?

C'est Lillie qui répéta la question de Dee et Knut tourna les yeux vers elle.

« Dehors, pour se reposer quelques heures. « Il pensa au soleil de cette galaxie et ajouta » : Comptez comme sur terre pour le retour. Quarante-huit heures.

Dee réfléchit rapidement.

« Qu'adviendra-t-il de XA 23 ?

"Votre parcours est correct et il n'y a pas de difficultés. En revanche, le Grand Conseil saura toujours où le trouver.

C'était vrai, et Lillie et Dee le savaient.

Ils se regardèrent dans les yeux.

Par terre, sur le carrelage, complètement hermétique, Knut les regardait tour à tour, attentivement.

Des imbéciles, pensa-t-il. Ils sont... complètement dégoûtants. Sa reproduction est imparfaite et devrait donc être balayée de toutes les galaxies. Je suis... oui, j'ai peur de le proposer au Grand Conseil.

"Qu'est-ce que tu attends? "Il a demandé.

Dee n'a pas répondu.

Il prit Lillie par la main, l'entraîna, et tous deux, proches l'un de l'autre, commencèrent à s'éloigner vers l'un des grands panneaux d'acier qui leur barraient le chemin.

Dans leur dos, les regardant toujours, Knut murmura :

« Ils sont absurdes. Je vous aime.,. Je t'aime... N'importe quoi !

Le panneau se referma derrière eux deux.

Knut les a perdus de vue, s'est retourné, a quitté la tuile, a escaladé la jambe, s'est tenu devant les commandes et s'est penché sur les cartes des différentes galaxies laissées sous son contrôle.

Pour la première fois depuis longtemps, il était satisfait de la direction que prenaient les choses.

Il savait qu'il serait expulsé de la IIIe Galaxie par le Grand Conseil si ce nouveau vaisseau interstellaire était perdu dans l'espace.

Il n'aurait pas été aussi excité s'il avait su qu'au moment où il a pris contact, Kalf se trouvait dans la salle de contrôle du XA. 23.

À l'extérieur du bâtiment du Troisième Grand Conseil Galaxy, Lillie l'a arrêté.

« Où vas-tu m'emmener ? "Elle a demandé.

Dee fronça les sourcils, laissa passer quelques secondes de silence et demanda à son tour :

« Où pensez-vous que je devrais vous emmener, Lillie ?

Elle haussa les épaules.

"Nous pouvons sortir d'ici", a-t-il déclaré par la suite.

« Veux-tu dire que tu souhaites laisser ce planétoïde en ma compagnie ?

Lillie a répondu à la question par une autre question :

« N'est-ce pas ce que tu veux, Dee ? Tu me veux, n'est-ce pas ? C'est... c'est comme ça. Je sais.

« Oui, certain. Mais où ?

Elle le prit par la main.

"Viens," dit-il dans un murmure. Nous irons aux rampes de lancement.

Dee la regarda presque avec peur.

« Là-bas... ? » et il y avait de l'émerveillement dans sa voix. » Pour que?

Lili a ri.

« Les terriens sont absurdes, répondit-elle, et ceux du Grand Conseil ne s'étonneront pas que nous partions quelques heures. Vous venez ?

Dee était penchée sur elle, cherchant ses lèvres, quand elle répondit :

"Bien sûr que Knut a raison, nous sommes absurdes, mais je t'aime autant que je te veux, Lillie.

Et alors qu'il écrasait ses lèvres contre les siennes, il sut sans aucun doute que ses paroles, depuis des millénaires, représentaient une grande vérité.

Puis, en silence, main dans la main, ils se dirigèrent vers l'esplanade où se trouvaient les rampes de lancement.

Et la petite fusée.

Dee, toujours sans dire un mot, ouvrit les portes et Lillie entra dans le vaisseau presque sans le regarder.

Dee s'installa à côté d'elle, face au tableau de bord, puis sans réfléchir, elle bascula le joystick vers le bas, démarrant les moteurs.

Avec un rugissement, la fusée a commencé à glisser de plus en plus vite sur la rampe, puis a pris son envol dans l'espace.

A côté de lui, Lillie avait les yeux fermés.

Elle pensait qu'elle était heureuse.

Mais pour qu'il ne le sache pas, elle avait aussi fermé la vanne de son esprit comme elle l'avait fait auparavant, à plusieurs années-lumière de là, un être appelé Helius.

* * *

Kalf remua dans le fauteuil pivotant et regarda le panneau qui s'ouvrait derrière lui.

Il n'a pas aimé le changement de cap, il ne l'a pas compris ; ceux du Grand Conseil doivent être fous.

Ord apparut, franchit le seuil, le panneau se referma derrière lui, et les deux se firent face, l'un debout au centre de la pièce, l'autre toujours assis sur le canapé.

« Rien de nouveau, Kalf ?

« Nous avons changé de cap.

"Quoi?

"C'est comme ça. Le Contrôle de l'Espace nous envoie sur Cérès.

Les yeux d'Ord s'écarquillèrent.

« Comment... comment ont-ils trouvé ça ?

Kalf haussa les épaules.

« Je ne sais pas, mais la vérité est que nous devons y aller ; que nous allons déjà.

S'ensuivit un silence qui devint obtus et que le nouveau venu rompit :

« Tu es fatigué, Kalf. Essayez de dormir un peu. Je vous ferai savoir s'il y a du nouveau.

Il pensait aussi à Astrid lorsqu'il le vit marcher vers le panneau qu'il avait lui-même utilisé pour entrer.

De retour à l'arrière du vaisseau, Jem était toujours dans la salle des machines, observant les moteurs atomiques.

Kalf s'arrêta juste avant d'atteindre l'endroit où le panneau s'ouvrit devant lui et leva les yeux vers lui.

« Avez-vous vu Ming ? "Il a demandé.

Ord fronça les sourcils.

"Non," répondit-il laconiquement.

Kalf trouva cela étrange.

Ming était sorti du vaisseau lorsqu'ils ont été forcés d'entrer en contact avec l'astéroïde.

Il était armé... comme Astrid.

Mais Astrid avait dit qu'il était sorti, achevant l'un des moteurs.

C'était vrai parce que le XA 23 naviguait dans l'espace sans aucune difficulté, et pourtant, depuis ce moment, il n'avait pas vu Ming.

"Merci.

Il a tourné le dos.

Comme il l'a fait, la question d'Ord lui est venue :

« De quoi t'inquiètes-tu, Kalf ?

"Ming" répondit-elle, après avoir tourné la tête à l'envers pour le regarder.

"Pourquoi?

Kalf ne le savait pas, mais ses sensations extrasensorielles semblaient l'avertir que quelque chose se passait à l'intérieur du vaisseau, mais il ne pouvait pas comprendre le message avec une clarté parfaite.

"La vérité est que je ne sais pas. Il n'a jamais fallu autant de temps pour se promener ici.

"Et qu'est-ce que cela veut dire?

Kalf haussa les épaules, se retourna, fit glisser le panneau et traversa de l'autre côté.

Dans le long couloir, il hésita, ne sachant pas où aller, jusqu'à ce qu'il décide d'aller à la cabane de Ming.

Il ne l'a pas trouvé.

Il regarda autour de lui et même sachant à quoi il s'exposait, il fouilla tout minutieusement puis se dirigea vers le sien.

Il n'était pas vraiment alarmé, mais plutôt curieux de savoir où il pouvait se trouver et ce qu'il faisait pendant ces heures, et se demandait en même temps pourquoi le seul contact qu'il établissait avec lui passait par son esprit, ce qu'il n'avait pas . n'est jamais arrivé.

A l'intérieur de sa cabine, Kalf se laissa tomber sur la couchette.

Je n'arrêtais pas de penser.

Là, au loin, Knut avait donné un ordre totalement incompréhensible pour lui, mais il ne pouvait rien y faire.

Il ferma les yeux et resta ainsi pendant plusieurs minutes jusqu'à ce qu'il commence à se battre avec lui-même, avec son esprit, qui redevenait comme une éponge qui aspirait et aspirait son cerveau, jusqu'à ce qu'il soit complètement expulsé.

Il flottait dans des nuages duveteux quand, inconsciemment, il demanda :

"Min... ?

Il l'entendit rire, se moquer, se caresser...

Astrid, c'est ça ?

Le rire de la jeune fille s'intensifia.

"Oui c'est comme ça.

"Ce que vous faites est interdit par...

"De grande importance ?

« Pas si ça ne te dérange pas non plus.

Si c'était le cas, je ne t'aurais pas appelé.

Kalf laissa son esprit se reposer un peu et demanda :

"Qu'est-ce que tu veux ?

« Descendez de la couchette et venez. Je t'attendrai.

Voix murmurante, caressante, prometteuse...

Kalf se redressa, passa la main sur son front perlé de perles de sueur et répondit :

« Pourquoi devrais-je y aller ?

"Je t'aime, tu sais ?

« Est-ce une réponse ?

« Oui, Kalf, ça l'est. C'est... la réponse à une question que vous m'avez posée il y a quelques heures. J'y ai pensé, tu comprends ?

"Et le résultat...?

« J'ai besoin de toi. Tu viens ?

Kalf se leva.

Il pensa au Grand Conseil de la IIIe Galaxie, où il devrait comparaître s'ils apprenaient cela, mais cela n'avait pas d'importance.

"Où êtes-vous?

« Dans ma cabine, je t'attends. Allez, allez, je vois que tu hésites.

Kalf soupira.

Il fit un autre pas, son esprit revenant lentement à son calme habituel ; À la normale.

Il est sorti.

Astrid...

Je n'aurais jamais pensé que j'aurais autant de chance lors d'un putain de voyage comme celui-là.

Il a commencé à marcher.

Il était tout près de la cabine qu'occupait Astrid quand, en sens inverse, il vit venir deux des membres qui composaient le service de surveillance intérieure du vaisseau spatial.

« Quelque chose ne va pas ? » demanda-t-il.

« Nous ne savons pas, Kalf, mais ça doit être dans la salle de communication.

"Hélius... ?

"Ce n'est pas sûr. Nous avons reçu le signal d'urgence de cet endroit et avons essayé d'établir un contact.

" Et... ?

« Pas de réponse, Kalf.

Il se retourna.

"Allons-y.

Quand il l'a dit, il avait le pistolet à rayons cosmiques dans sa main.

Ils se mirent à courir, emplissant le vaisseau de bruits fantomatiques, de leurs pas métalliques sur un sol non moins métallique.

Des trois, Kalf fut le premier à atteindre le panneau qui lui barrait le chemin.

Un panneau qui n'a pas été déplacé de côté pour dégager l'entrée.

Kalf s'avança, l'attrapa de la main gauche et les regarda.

« Quelque chose ne va pas là-dedans » déclara-t-il d'une voix grave. Allez, aidez-moi.

Pendant trois ou quatre minutes, en tout, ils tirèrent sur la partie la plus faible de la porte, verrou après verrou, tandis que le couloir dans lequel ils se trouvaient s'emplissait de fumée blanche.

Sur un signe de Kalf, ils cessèrent de tirer.

« Il faut attendre que ça refroidisse.

Ils l'ont fait.

De longues minutes angoissées, lourdes jusqu'à l'incommensurable, et qui se brisèrent d'une manière totalement inattendue pour lui.

" Kalf...?

Il les regarda.

Tous deux restèrent sans expression, le regardant, attendant un ordre pour tenter de faire coulisser le panneau.

C'est alors qu'il s'est rendu compte que l'appel avait surgi dans son esprit.

" Fâché,... ?

« Astrid... ?

La jeune fille rit, son rire râle-râle éclatant dans son cerveau , le remplissant d'un étrange sentiment de joie exaltée.

"Je ne réponds pas". Pas du tout.

« Dans ce cas, pourquoi ne viens-tu pas ? Je suis impatient, Kalf, mon amour, tu sais ?

"Oui

"Alors...

« J'y serai bientôt.

Astrid a mis plusieurs secondes à répondre.

"Maintenant je sais où tu es," déclara-t-elle simplement.

" Oui .. ?

« C'est comme ça. Allez, Kalf, qu'attends-tu pour ouvrir cette porte ?

Cela ressemblait plus à un défi qu'à une question, et le remarquant, Kalf essaya d'établir le contact mais n'y parvint pas.

Devant lui, les deux membres vigilants attendaient.

"Aidez-moi" fut ce qu'il dit, répétant ce qu'il leur avait déjà dit auparavant.

Il se tourna vers le panneau, fit un pas en avant, et il s'écarta, exactement comme toujours. Portant l'arme à la main, à hauteur de hanche, sans une seule hésitation, il passa de l'autre côté suivi des deux autres qui se tenaient à ses côtés le laissant au milieu.

Helius était là, affalé au sol, un énorme morceau de gelée, sans vie et aussi blanc qu'une feuille de papier.

Kalf ne bougea pas pendant quelques secondes, puis il s'agenouilla à côté d'elle tandis que les deux autres, sans attendre aucun ordre, commencèrent à tout parcourir séparément.

N'importe quel.

Ils n'ont trouvé aucune explication à ce qui s'était passé là-bas.

Ils ont affronté Kalf, à la fin.

"Qu'est-il arrivé?

Il haussa les épaules une fois de plus.

"Je ne sais pas" et sa voix était rauque, mais... Eh bien, quelque chose ou quelqu'un a bu tout son sang. Quant à ses os...

Il se leva, hésita quelques secondes, puis ordonna :

« Apportez quelque chose pour le récupérer et emmenez-le à l'infirmerie. Dites à Engar que j'attends son rapport dans... une heure.

Une sorte de sac en fibre plastifiée, de couleur rouge, servait à cet effet ; une fois de plus Kalf resta seul.

Alors qu'il se tournait pour quitter la salle de transmissions extraterrestres, son esprit était complètement vide.

Astrid...

CHAPITRE V

"Quelque chose de nouveau?

Ord se tourna pour le regarder.

« Nous continuons, sur ce parcours, Kalf. « Il a un peu hésité , comme s'il doutait de dire ou non ce qu'il voulait, jusqu'à ce que finalement, optant pour la première, il continue » : J'aimerais prendre contact avec Space Control.

"Pour que?

« J'ai eu la brillante idée de leur demander si le cap que nous suivons est correct.

« Une raison de... ?

"Aucun.

Kalf ne répondit pas.

Il s'assit à côté d'elle, face aux multiples ampoules et écrans super-électroniques, et laissa échapper :

Hélius est mort.

Ord a été surpris.

"De même que?

Kalf secoua la tête d'un côté à l'autre.

"Ils ont sucé son sang", a-t-il dit.

"Quoi...?

"C'est comme ça.

"De même que?

Kalf jura dans sa barbe avant de répondre :

« J'ai navigué entre cette galaxie et la constellation d'Orion pendant plus de dix ans. J'étais un garçon quand j'ai pris mon premier bateau, et je n'ai jamais rien vu de tel. Maintenant... maintenant j'attends le rapport d' Engar . « Il a consulté les calculateurs électromagnétiques qu'il avait à ses côtés et a commenté » : Il lui reste plusieurs minutes terrestres pour m'appeler. Quant à ses os, c'est horrible. Je ne sais pas ce qui a pu causer ça. "Il resta silencieux pendant un court moment qu'Ord n'interrompit pas, et ajouta : "Ming doit être trouvé

« Je pensais que tu l'avais déjà vu.

"Non. Je viens de communiquer avec lui.

« Avec quoi avez-vous communiqué... ?

"C'est vrai," interrompit Kalf. Utiliser la télépathie. Ming a été le premier à le faire.

"C'est étrange.

Kalf n'a rien dit, et Ord n'a pas précisé ce qu'il y avait d'étrange à ce sujet.

Ils se turent.

Jusqu'à ce que, soudain, Ord se tourne vers le panneau de contrôle et attrape l'émetteur interspatial.

« XA 23 appelant le III Galaxy. POUR. 23 appelant Space Control dans Galaxy III. Réponse.

Il y eut un sifflement qui s'amplifia pendant quelques secondes, puis s'éteignit.

Puis vint la voix de Knut :

"Signaler.

"Nous devons corriger le cap", a-t-il déclaré. Nous dérivons.

Un silence complètement dense s'ensuivit.

A côté de lui, Kalf l'observait.

Il pensa à Astrid, qui n'avait pas utilisé son esprit pour l'appeler à nouveau, contrevenant ainsi, une fois de plus, à tous les ordres reçus du Grand Conseil à cet égard.

Un silence aujourd'hui rompu.

"Corrigez-le avec ce qui a été commandé précédemment, et ne vous embêtez plus s'il ne s'agit pas d'une urgence. Et Kalf, où est-il ?

" À mes côtés.

"Alors dis-lui pour moi" et la voix de Knut était verte, exactement comme son corps.

Ord l'interrompit.

"Il y a urgence", a-t-il dit.

"Signaler.

La voix de Knut était méfiante

Hélios est mort.

"Cause...?

"On ne sait pas encore.

« Prévenez-moi dès que vous aurez reçu le rapport d'Engar . Et Ming ?

« Il n'a pas été revu depuis qu'il a atterri sur cet astéroïde.

« Cherchez-le et signalez-le. Fin d'émission.

Le silence.

Kalf grimaça, les yeux fixés sur l'émetteur.

"Reste ici, Ord," dit-il soudainement. Je veux voir Astrid.

Ord hocha la tête en silence.

* * *

Knut ne dormait pas.

Il n'a pas transmis non plus.

Il ne l'avait pas fait depuis des heures.

Il était seul dans une grande salle de contrôle de l'espace et pour la première fois il réfléchissait profondément à tout cela.

Quelque chose se passait sur ces vaisseaux, quelque chose qui échappait encore à son contrôle.

Ses petits yeux brillaient, fixés sur les ampoules devant lui, qui s'éteignaient, s'allumaient, s'éteignaient et se rallumaient sous son petit corps, comme une chose, comme une bête intelligente.

Il pensait aussi à Lillie et Dee, se répétant une fois de plus sa phrase favorite : Elles étaient absurdes.

* * *

Astrid n'était pas là.

Kalf fronça les sourcils.

Sur la couchette, il vit sa combinaison spatiale, mais pas le pistolet à rayons cosmiques qu'elle utilisait, et son froncement de sourcils s'accentua.

Plusieurs autres vêtements, pour la plupart intimes, un livre de science, incompréhensible pour lui, et rien d'autre.

Engar.

Lui rappelant, Kalf quitta la cabine d'Astrid et se dirigea vers l'infirmerie à travers les couloirs.

Je n'appelle pas.

Il traversa juste de l'autre côté du panneau et le vit là, à côté de cette masse gélatineuse qui, il n'y a pas si longtemps, avait été l'un de ses plus parfaits assistants à l'intérieur du vaisseau spatial.

Entendant ses pas, Engar fit glisser son corps de robot sur le côté, se retourna et lui fit face.

« Qu'as-tu, Engar ? "Il a demandé.

"Il manque des informations. La question n'est pas correcte", a répondu Engar, de sa voix métallique.

"Peut-être que je l'ai mal formulé", a répondu Kalf.

" Corriger. C'est faux.

"Je corrige. Quelles sont les causes qui l'ont poussé à cela ?

Engar laissa les lumières rouges de ses antennes s'allumer pendant environ trente secondes, les éteignit et répondit immédiatement :

« Je ne suis pas programmé pour répondre à cette question, Kalf.

"Que veux-tu dire?

Les lumières du robot se sont allumées pour la deuxième fois, ce qui signifiait pour Kalf que son puissant esprit électronique réfléchissait intensément.

"Il n'y a pas assez de données", a-t-il finalement répondu. Mes circuits internes me disent de les trouver, Kalf, puis de poser la question.

Il fit marche arrière, lui tournant le dos, et se figea.

Kalf savait qu'il était inutile de continuer à insister.

"Prends-le..." dit-il une seconde avant de quitter l'infirmerie.

Il se dirigea droit, une fois de plus, vers la cabane d'Astrid.

Dans la salle des machines, Jem la regarda entrer.

"Curiosité? "Il a demandé.

Elle était gentille avec lui, comme toute la population.

"Je m'ennuie toute seule" précisa Astrid en s'approchant de lui, mais les yeux fixés sur la vitre qu'elle avait placée à hauteur d'homme ordinaire, au centre d'un des panneaux qui n'étaient en fait que de simples portes coulissantes. Il demanda en s'arrêtant à ses côtés : « Qu'est-ce que c'est ?

Des étincelles, des éclairs, se croisant à l'intérieur comme des éclairs, dans des lumières multicolores entre le blanc et le bleu.

« Les réacteurs, Astrid.

"Dangereux?

« Capable de tout balayer. « Il a pointé un bouton rouge qu'elle n'avait même pas vu et a ajouté » : Il suffirait de l'activer par ce bouton.

Astrid tourna le dos à la salle du réacteur.

« Tout va bien ? » demanda-t-elle.

"Oui c'est comme ça.

Astrid lui sourit.

"Je suis très fatiguée" dit-elle d'un ton confidentiel. Souhaitant arriver, comprenez-vous?

« J'ai peur pour le moment. Astrid, ça va être long.

Elle écarquilla ses grands yeux.

"Oui...?" "Demanda-t-elle". Pourquoi ?

Et il y avait de la surprise dans sa voix.

« Nous avons changé de cap.

" Quoi....?

"Ils ont transmis le message de Space Control

" Et... ? Où allons-nous maintenant?

Elle était bouleversée.

C'était évident pour Jem, qui répondit :

« Allons à Cérès.

La surprise d'Astrid augmenta de point.

« Là ?... Merde ! Pour que?

« Dans la salle de diffusion, Ord attend des instructions.

Elle le regarda pensivement.

« Je n'ai pas vu Ord depuis longtemps. Depuis le jour même où je suis arrivé sur ce bateau et que Kalf m'a présenté à lui. » Elle fronça les sourcils, comme si elle réfléchissait rapidement, et ajouta : « Pas Helius non plus. Je vais devoir aller les voir.

Et elle disait la vérité.

Comme Jem l'a également fait lorsqu'il a déclaré:

« Ils ont donné l'alerte générale. Tu sais que c'est vrai?

« J'étais dans ma cabine quand j'ai entendu l'ordre Que se passe-t-il ?

"Tu ne sais pas?

"Non.

« Helius est mort. Un instant avant votre arrivée, Ord lui-même me l'a dit.

"De même que?

"Cela," répondit-il en baissant la voix, comme s'il avait peur d'être entendu, "est quelque chose d'aussi étrange que cet ordre insensé pour nous d'aller à Cérès.

Astrid est allée répondre, mais n'a pas pu.

Derrière lui, l'un des panneaux a été repoussé et la silhouette de Kalf a été encadrée dans l'espace.

Tous trois se regardèrent en silence, qui dura quelques secondes, et que Kalf lui-même rompit en s'adressant à la jeune fille.

"Que faites-vous ici?

Elle jeta un coup d'œil à Jem.

"En fouinant, Kalf," dit-elle. Elle s'arrêta légèrement et posa une question : En fait, qu'est-il arrivé à Helius ?

de Kalf s'assombrit.

"Nous ne savons pas encore", a-t-il répondu.

« Que dit ce robot ?

« Engar n'est pas programmé pour ça. C'était sa réponse.

« Dans ce cas, pourquoi diable le veux-tu ?

« C'est le meilleur médecin-chercheur que j'ai jamais rencontré, Astrid... et il ne tombe jamais malade. C'est pourquoi nous en avons besoin.

Elle garda le silence en réponse, et le silence fut rompu par Kalf alors qu'il ajoutait :

« Viens avec moi. Je veux te parler.

Astrid regarda Jem et il tourna le dos face à la pièce où se trouvait le réacteur.

Astrid se retourna et sortit sans tourner la tête, le suivant derrière.

Kalf la rattrapa dans le couloir.

"Où avez-vous été jusqu'à présent ? " s'enquit-il.

La tête de la belle jeune fille pencha vers lui et ses yeux rencontrèrent les siens.

« Dans ma cabine », répondit-elle. "Réflexion. Puis j'ai entendu le signal d'alarme général et je suis sorti. Je ne t'ai pas trouvé et je suis allé voir Jem. Il m'a dit ce qui se passait.

Kalf a mis du temps à répondre, et quand il l'a fait, il a formulé une nouvelle question :

« Avez-vous vu Ming ?

Son front se plissa.

« Elle m'a fait sortir du vaisseau, Kalf, et puis... Eh bien, je pense que je te l'ai dit.

Il la regarda pensivement.

« Et vous ne l'avez pas revu ?

« J'ai déjà dit non.

Tous deux, alors qu'ils marchaient, comme s'ils étaient d'accord, se dirigeaient vers la cabine qu'elle occupait dans le vaisseau spatial.

Le panel.

Astrid s'arrêta.

"Je vais me reposer un peu, Kalf," dit-elle,

Mais il n'était pas du même avis, sur le moment, puisqu'il précisait :

"Je veux te parler. Je te l'ai déjà dit.

" Et... ?

« Nous pouvons entrer, n'est-ce pas ?

Astrid vous a regardé attentivement.

« Qu'essaies-tu de faire, Kalf ? "Elle a demandé". Fait moi tiens ?

« Parle, Astrid ; rien de plus que ça. Alors... on verra.

Elle fit quelques pas, et comme toujours, le panneau glissa sur le côté, laissant un espace correspondant pour qu'ils puissent entrer.

Ils le firent, l'un après l'autre et une fois là, complètement seuls, ils se firent face en silence, qu'Astrid elle-même rompit par une question :

« Eh bien, Kalf, que veux-tu de moi ? Sinon... Sinon...

Sa voix était froide, mais Kalf ne remarqua même pas le fait.

« N'est-ce pas toi qui m'as appelé ?

Ses idées se brouillaient...

Il haussa un de ses sourcils.

« Quand ? demanda-t-elle à son tour.

Kalf s'avança.

"Très récemment" a-t-il précisé. avec ton esprit

Astrid secoua la tête.

"Je n'ai rien fait de tel, a 'ni' Kalf. Vous avez des hallucinations.

Kalf fit un autre pas et la gifle l'atteignit sur le côté du visage. Astrid se retourna plusieurs fois et tomba au sol.

De là, elle le regarda. Ses yeux étaient secs et son visage était devenu pétrifié.

"Ne recommence pas, Kalf," dit-elle d'une voix sombre. Ne pas aimer.

Elle se leva sans que Kalf ne fasse quoi que ce soit pour l'aider.

"Explique cela.

"C'était d'abord Ming, puis Helius. Pourquoi Astrid ?

"Min... ? Que veux-tu dire?

A ce moment, Ord, dans la salle de contrôle, tourna le dos au tableau de bord pour faire face à la silhouette d'Astrid, qui s'approchait lentement de lui, lui souriant, caressant, désirable...

"Bonjour, Ord," dit-il, sa voix veloutée. Quelque chose de nouveau? Ord a mis plusieurs secondes à répondre.

50   RICHARD G. HOLE

CHAPITRE VI

"Tu ne sais pas ?

Elle le regarda.

"Non.

Kalf était de nouveau très proche d'elle, la touchant presque.

"Il est sorti avec toi, ma fille," dit-il. J'ai donné l'alarme générale et j'ai fait fouiller le navire même dans les endroits les plus improbables. Ming n'est pas là, Astrid. Dites-moi, que s'est-il passé sur l'astéroïde ?

Astrid fit un pas en arrière, le fixant dans les yeux.

"Sortez d'ici, Kalf" fut ce qu'elle dit, après quelques secondes de silence.

Il n'a pas bougé.

« Ming était le commandant du navire, et maintenant il est parti, tu sais ?

Il a fait un autre pas en avant.

« Parle, Astrid, tu sais ce qui s'est passé.

Elle resta immobile, le regardant toujours.

« Je vois que tu ne me crois pas, Kalf », a-t-il dit, et pourtant je t'ai dit la vérité sur tout. Un vrai que je ne répéterai pas.

« Vous m'avez appelé ici. Tu as dit que... tu m'aimais, que tu avais pensé « ses mains étaient sur ses épaules ; penché sur ses lèvres. » Répondez tout de suite !

« Je ne t'ai pas appelé, Kalf. Ne comprends-tu pas ? Il y a quelque chose à bord qui... qui... Mais c'est n'importe quoi, Kalf. Seulement nous sommes ici. Toi, Jem, Ord, moi et le reste de l'équipage. Ming et Helius... Essayez de trouver une explication et ensuite... nous saurons la vérité. Une vérité qui peut être... Kalf ! Il m'a parlé en utilisant un code interdit, tu comprends ? Peut-être... qu'il a été retardé ou qu'il y a eu une erreur de calcul et qu'il est resté sur l'astéroïde. Et maintenant nous voyageons vers Cérès. Pourquoi Kalf ? Vous ne me croyez pas ? Ne vois-tu pas que je te dis la vérité ?

Il voulait la croire, mais il ne pouvait pas, et il ne pouvait pas, jusqu'à ce qu'Astrid, prenant l'initiative, écrase ses lèvres contre les siennes.

* * *

C'était l'aube quand elle demanda :

"Et maintenant...?

« Qu'est-ce que tu veux dire, Lily ?

"Knut. J'ai peur de cette chose et... et...

Dee a souri.

« Il faut aplanir les aspérités.

« Oui, je sais... mais... mais je le hais, ou du moins je pense que c'est le sentiment qui m'inspire. D'un autre côté... Eh bien, vous pourriez conspirer contre lui, mais cela ne mènerait nulle part, et je n'en veux pas non plus.

Elle se leva et, d'où elle était allongée sur le sol, Dee la regarda en silence.

« Bien sûr, Lillie, » dit-il doucement, « je suis presque d'accord avec toi.

« Oui... ? En quoi ?

« En cela nous sommes absurdes, extraordinairement absurdes, nous les terriens.

Et elle a ri.

Dee s'est levée peu après, s'est approchée et a chuchoté à l'une de ses oreilles roses :

"Nous devons partir.

« Deé...

" Oui .. ?

« Est-ce que cela se reproduira, maintenant ?

Il la prit par la taille.

"Je m'en occupe," répondit-il, la poussant vers la fusée qui les emmènerait là-bas.

Les vingt-quatre heures que Knut leur avait accordées touchaient à leur fin.

Devant la porte de l'immense bâtiment du siège du contrôle de l'espace, Lillie s'arrêta, et Dee put la sentir frissonner en regardant l'immense dôme ogival qui s'étendait dans le ciel, vers les étoiles où naviguaient les navires de la IIIe Galaxie.

« Que t'est -il arrivé ?

Elle le regarda.

"N'importe quel.

"Non...?

"Eh bien, oui," elle le regarda dans les yeux. "Je grince toujours des dents quand j'entre ici.

« Noix ?

Lilie lui sourit.

"C'est vrai," dit-elle, "et je pense que je vous l'ai déjà expliqué. Je pense que je n'aime pas cette chose, avec sa superintelligence aussi infinie que le ciel lui-même.

"Ce sentiment... nous le ressentons tous, même si ce n'est pas tout à fait vrai. Même ceux du Grand Conseil. Mais nous en avons besoin, Lillie.

"Je sais.

"Allons-y?

Il l'attrapa par la taille et elle se laissa aller.

Dehors, plus en arrière, la fusée était tirée du site d'atterrissage vers la rampe de lancement, où elle serait toujours prête pour un autre court vol spatial.

L' ascenseur super rapide .

Knut les regarda entrer et se laissa glisser du pied de la table jusqu'au sol.

"Ils ont une demi-heure de retard", a-t-il crié d'une voix aiguë, "et je vais porter plainte au...

Dee l'interrompit.

« Quelque chose de nouveau ? » demanda-t-il.

Knut fixa ses petits yeux sur lui.

« Tout se déroule comme prévu », a-t-il répondu.

« Que sait-on de XA 23 ?

« Ils se dirigent par ici, sans un seul raté.

Il a commencé à reculer, s'est rattrapé, puis a pointé Lillie.

"Votre constitution biologique est déficiente," dit-il d'une voix joufflue. Tu ne devrais pas détester... qui est un mot terrien qui n'a aucun sens pour moi, même si c'est ce que tu ressens pour moi. Soyez prudent, car c'est une autre chose qui est interdite par le Grand Conseil.

C'était une menace et ils le savaient tous les deux.

Ils se turent.

Knut a commencé à glisser vers le panneau rond à travers lequel il quittait toujours la salle de contrôle de l'espace, mais avant de franchir la brèche, il s'est tourné pour les regarder.

"Je vais dormir, Dee," dit-il. Appelez-moi s'il y a du nouveau.

Il n'attendit pas de réponse, ce qu'aucun d'eux n'allait lui donner, et il disparut, les laissant seuls.

« C'est odieux.

Dee ne répondit pas, il jeta un coup d'œil à la myriade de commandes et pencha la tête pour la regarder.

"Aidez-moi," dit-il.

« Oui... ? À quoi ?

« Pour vérifier tout cela.

"Oui, bien sûr, il va dormir et nous...

"Il en a besoin, Lillie," coupa Dee. Tu m'aides...?

"Oui.

Soixante minutes plus tard, ils ont terminé la tâche.

Déjà assis devant le panneau de la boîte de transmission, Dee a commenté :

« J'ai oublié une chose, Lillie.

"Fourchettes... ?

"Demandez à Knut depuis combien de temps il a contacté XA 23.

« Pourquoi ne pas les appeler pour le savoir ?

Dee pensait qu'elle avait raison, alors après quelques secondes, elle a commencé à le faire.

"Galaxy III appelant XA 23... Galaxy III appelant XA 23... Répondez.

La réponse a été immédiate.

« XA 23 à III Galaxie. Tout va bien. Rubrique 2-B 340. Autre chose ?

C'était la voix de Kalf.

"Calf... ?

"Oui.

À côté de lui, Lillie vérifiait des chiffres sur une feuille de papier blanc qu'elle montra à Dee.

Après y avoir jeté un rapide coup d'œil, il répondit :

« Bonne route, Kalf. Quand allons-nous nous voir ?

« Si tout se passe comme avant, d'ici une semaine. Et Lily ?

"À mes côtés.

« C'est bien. » Il s'est arrêté et a demandé : « Où est Knut ?

Dee a ri.

"En train de dormir.

De l'autre côté de l'espace se fit entendre le rire légèrement moqueur de Kalf.

Mais à ce moment Kalf, à bord du vaisseau interstellaire, ne pouvait ni émettre ni diffuser.

Les bras, les caresses et les baisers d'Astrid l'en ont empêché.

En bas, dans la salle de contrôle du Galaxy III, Dee ferma l'émetteur interstéral et se tourna pour regarder Lillie.

"Qu'as tu pensé de ça? "Il a demandé.

Le regardant dans les yeux, elle répondit :

"Parfait. Et ça aurait été un voyage extraordinaire s'il n'avait pas dû s'arrêter à cet astéroïde. Ils pourraient déjà être là.

Dee n'a pas répondu.

Pensait.

Jusqu'à ce qu'il se lève soudainement et commence à faire les cent pas.

Des secondes ou des minutes, peut-être des heures, elle ne savait vraiment pas quand, il s'arrêta soudain devant elle, la fixant avec une telle expression que Lillie sursauta impuissante.

« Qu'est-ce que... qu'est-ce qui t'arrive, Dee ? "Elle a demandé.

« Redis-le, Lillie ! Allez, répétez-le !

« Que dois-je répéter ? demanda-t-elle, surprise,

« La chose à propos de l'astéroïde. Allez, dis-le encore.

Et elle, de plus en plus surprise, le fit, puis demanda :

« Qu'est-ce que tu essaies de me dire, Dee ?

« Mais, est-ce que tu ne l'as toujours pas remarqué ?

Il était excité, car elle ne l'avait jamais vu.

"Non" répondit-elle.

« KL 1, Lillie, tu te souviens ? Le KL 1 et l'astéroïde. Ce navire était également sur la bonne voie et... et... comment diable n'y ai-je pas pensé avant, Lillie ? Dis-moi, veux-tu ? KL 1 a été perdu. Il a disparu dans le cosmos sans laisser de trace. Et... il s'est aussi arrêté sur un astéroïde suite à une panne d'un de ses moteurs. Il y a trois ou quatre navires... « Il s'interrompit pour ajouter presque immédiatement » : Est-ce que vous ne comprenez toujours pas ?

Lillie tarda à répondre.

Elle le regardait.

Analysant chacun de ses mots avec son énorme cerveau, seulement comparé à une machine électronique, jusqu'à ce qu'il réponde finalement :

« Réveille Knut, Dee.

" Oui,.? Pour que?

« Simplement pour parler aux membres du Conseil de l'Espace.

"Il ne voulait pas m'écouter.

" Non,..? Pourquoi ?

« L'échec serait le mien et non le vôtre, comprenez-vous ?

Lillie se leva et se dirigea vers lui.

— Fais attention à tout ça, Dee, dit-elle doucement en posant ses mains sur ses épaules et en se penchant sur ses lèvres, maintenant que tu es seul. Ne négligez pas une seule seconde et appelez ce vaisseau toutes les trois ou quatre minutes pendant que je suis de retour.

« Où vas-tu ? Tu cherches Knut ? Il ne t'écoutera pas.

« Je vais essayer de regarder Swift 2, Dee.

Il la regarda avec surprise.

"Rapide? Ce serait pratique, bien sûr, s'il n'était pas aussi exposé.

« Exposé ? Pourquoi ?

"Knut. Cette chose verte a toute la confiance du III Galaxy.

"Je sais.

"Et quand même...?

« Je vais aller le voir », l'interrompit-elle.

Elle acheva de se pencher et d'écraser ses lèvres contre les siennes, tout en portant ses mains à son cou, l'empêchant de lui donner la réponse.

Lorsque Dee le voulut, Lillie franchit l'espace laissé par le panneau derrière elle.

Le couloir.

Métal.

Fait d'un métal plastifié, infiniment plus dur que le vieil acier et aussi transparent que le non moins ancien verre.

Lillie l'a pris, se déplaçant rapidement, enveloppée dans son costume en aluminium aussi maniable que n'importe quelle robe du XXe siècle, en laine ou en tergal.

A mi-chemin, elle tourna à droite, pénétra dans ce nouveau couloir où elle fit un cent cinquante ou soixante pas, puis tourna à gauche.

Elle s'approcha du mur métallique, frappa doucement avec ses jointures trois fois de suite, attendit quelques secondes et le frappa une fois de plus.

Une seule, et le mur, une partie de celui-ci, s'ouvrit, laissant un espace assez large pour la laisser passer.

Une pièce faite du même métal, nue, circulaire et là au fond, deux membres armés de canons à rayons cosmiques qui gardaient l'entrée de l'ascenseur qui l'emmènerait au sanctuaire de Swift 2.

Sans une seule hésitation, Lillie traversa la pièce d'un bout à l'autre et s'arrêta devant les deux.

« Que veux-tu, Terrien ?

Le visage de la jeune fille ne changea pas devant une question qui pouvait même être interprétée comme méprisante, et elle répondit :

"Voir Swift 2.

« Avez-vous un rendez-vous ?

"Non.

« Dans ce cas, demandez-le.

« C'est une urgence.

Il y eut une petite pause que l'autre brisa :

« Vous êtes sous les ordres de Knut, n'est-ce pas ?

"C'est vrai," répondit Lillie.

« Il t'a envoyé ?

"Non.

« Dans ce cas, partez.

Lillie n'a pas répondu pendant un moment, jusqu'à ce qu'elle éclate soudainement :

« La responsabilité est la mienne... et la tienne si tu ne me laisses pas passer, tu comprends ? Tu peux aller à la Maison et tu...

L'autre l'interrompit :

« Si vous vous trompez...

"Je sais à quoi je m'expose," coupa Lillie. "Dans le pire des cas, je serai envoyé sur un planétoïde loin d'ici, pour le reste de ma vie. Informez Swift 2.

Il y eut une très brève hésitation, et l'un des deux lui tourna le dos, toucha le mur qui était maintenant devant lui, un petit panneau glissa en arrière et disparut par le trou.

CHAPITRE VII

Lorsqu'il réapparut quelques minutes plus tard, il dit seulement :

« Viens avec moi, terrien.

Lily le suivit.

Quelques minutes plus tard, elle affrontait Swift 2.

Grand, osseux, enveloppé dans une sorte de tunique blanche, cadavérique, avec des orbites enfoncées et des yeux si transparents qu'il pouvait voir à travers eux les nerfs qui allaient directement à son cerveau.

Il n'a pas dit un mot quand il l'a vue.

Il glissa sur le sol, donnant une impression d'apesanteur absolue, et s'arrêta devant elle.

« Parle, Lillie », dit-il en l'appelant par son nom, même s'il n'était pas du tout un Terrien.

Après une légère hésitation, la fille a commencé à raconter les soupçons de Dee et ses propres soupçons.

En terminant, Swift a demandé :

« Est-ce que Knut sait ?

Dans les étoiles, le vaisseau interstellaire XA 23 voyageait deux fois plus vite que la lumière, approchant de sa destination, déjà en dehors de la constellation d'Antarès.

* * *

Main. Il l'avait gratuitement.

Il fit un effort terrifiant, ses longs doigts sensibles agrippant l'un des boutons du tableau de bord.

Il a dû ouvrir les interphones.

Il le devait, mais il ne pouvait presque pas.

La pression exercée contre son corps commençait à l'étouffer et le sentiment de dégoût qu'il ressentait l'amenait au bord de l'effondrement.

Ord savait que cela n'arriverait jamais, et il ouvrit la bouche, tournant le bouton de l'interphone en même temps, établissant la transmission dans tout le vaisseau.

Maintenant, il essaya de se libérer, faisant le dernier effort, mais il ne pouvait pas non plus.

Puis il a crié.

* * *

Un cri hallucinant et terrifiant qui emplit tout le vaisseau, allant de haut-parleur en haut-parleur, et qui explosa à l'intérieur de la cabine d'Astrid, les assourdissant tous les deux, les emmenant en moins d'une seconde vers l'incommensurable Au-delà.

Ils se séparèrent en se regardant dans les yeux.

Astrid était pâle.

« Qu'est-ce que c'était, Kalf ? "Elle a demandé.

Voix vide, méconnaissable même pour elle-même.

Kalf se leva.

« Je vais me renseigner.

Astrid lui emboîta le pas et attrapa son bras.

« Ne pars pas, ne le fais pas », murmura-t-elle. J'ai peur, tu sais ? Pour la première fois, j'ai peur de tout.

Elle pensait à Ming quand elle a dit ces mots, bien qu'elle ne comprenne pas pourquoi elle pensait.

À ce moment, Kalf se détourna d'elle.

« Je dois le faire. Je pense... je pense... » Il hésita un peu, puis ajouta : « Je pense que c'était Ord.

Ils sont sortis presque ensemble, les uns après les autres, portant les «Lasers» à la main.

Le couloir devant eux, vide, silencieux, comme s'ils étaient seuls à l'intérieur du vaisseau.

Ils se mirent à courir, tournant à droite, puis à gauche, ils entrèrent dans ce nouveau couloir, presque jusqu'au bout.

La cellule, qui s'est cassée dès qu'ils se sont approchés du panneau.

Ils entrèrent, elle matériellement collée à son dos.

La peinture, pour Kalf, n'était pas entièrement inconnue.

Ord, ou ce qu'il en restait, ressemblait à Helius comme une goutte d'eau à l'autre.

Sur ses épaules, Kalf sentit la pression des doigts d'Astrid.

Il ne se tourna pas pour la regarder, mais il s'avança un peu plus et sans abandonner l'arme, il s'agenouilla à côté de la masse gélatineuse et l'examina.

Astrid était silencieuse, debout derrière lui.

Elle essayait de penser, de se souvenir de quelque chose qui lui passait par la tête, ou du moins le pensait-elle, mais elle n'y arrivait pas.

Kalf se leva, regarda autour de lui, mais la TERREUR n'était plus là.

Il s'était volatilisé.

C'était tout, même si aucun d'eux ne le savait.

"Aidez-moi, Astrid", a-t-il demandé, il faut revoir tout ça.

Ils l'ont fait comme ça.

Trois quarts d'heure plus tard, ils savaient que tous les contrôles étaient corrects et que la route vers Cérès était correcte.

Cependant, le grand vaisseau interstellaire dans lequel ils voyageaient venait de prendre une large courbe et maintenant, avec une vitesse croissante, se dirigeait vers l'astéroïde où il avait été contraint d'atterrir, quelques heures auparavant.

"Qu'est ce que tu vas faire?

Sans répondre, Kalf se dirigea vers l'un des murs, décrocha l'interphone et commença à émettre.

Jem a répondu presque immédiatement.

« C'était quoi ce cri ? « était votre première question.

« Ord. Est mort. Des nouvelles des machines ou des réacteurs ?

"Aucun. Comment était Ord ?

« C'est... comme si c'était arrivé à Helius, tu sais ? Et le pire, c'est que... Engar ne peut rien faire.

« Que penses-tu faire ?

Kalf hésita quelques secondes avant de donner l'ordre, partant sachant que toute la responsabilité de l'avenir du navire reposait désormais sur lui.

« Vous portez des armes ? "Il a demandé.

"Oui pourquoi?

Kalf déglutit difficilement.

"Fermez toutes les vannes", a-t-il dit, conditionnez l'air pour que vous puissiez respirer et ne l'ouvrez à personne. Pas même moi, tu comprends ? Si, malgré cela, quelque chose entre, tirez d'abord, contre n'importe quoi, même s'il appartient au vaisseau. Ils ne doivent en aucun cas s'approcher des réacteurs.

« Bien, Kalf. Et Astrid ?

"Est avec moi.

" Bien. « Il a hésité un peu et a posé une nouvelle question » : Comment allons-nous entrer en contact avec vous ?

« Par l'interphone, Jem. Mais écoute ça, même si je te dis de sortir de là, ne le fais pas. C'est tout.

Il raccrocha et regarda Astrid.

Elle le regardait dans les yeux quand elle demanda :

« Maintenant, tu ne doutes plus de moi, n'est-ce pas ?

"Non. "Il l'a attrapée par le bras et l'a tirée" Plus maintenant.

Ils atteignirent le couloir sans vouloir jeter un seul regard sur ce qu'on appelait dans la vie Ord.

Il y avait des personnages armés le long de celui-ci, dont deux se distinguaient.

« Que s'est-il passé, Kalf ? demanda l'un d'eux. Ce cri... c'était terrifiant.

Kalf désigna la pièce derrière lui.

"Ce qu'il y a aussi" dit-il. Ramassez-le et emmenez-le chez le "médecin". Et vous " ajouta-t-il en s'adressant aux autres ", renforcez les gardes aux points les plus stratégiques du navire. « Il a attrapé Astrid par le bras et a continué » : Viens avec moi.

Ils ont commencé à s'éloigner.

Devant le panneau qui donnait accès à la cabine d'Astrid, Kalf s'arrêta et la relâcha.

Il se pencha un peu pour la regarder dans les yeux, et ses seins se soulevèrent sous la tenue qu'elle portait, semblable à celle de Lillie.

« Oui, Kalf... ? "Elle a demandé.

« Je veux que tu entres et que tu restes là.

"Mais et toi ?

« Je dois y faire un tour.

Astrid hésita un peu avant de répondre :

"J'irais avec toi.

« Tu vas rester ici. Vous comprenez, non ? répéta Kalf, et elle put dire que sa voix avait un peu changé.

"Moi...

« Maintenant tu m'appartiens et je ne veux pas qu'il t'arrive quoi que ce soit, tu comprends ? "Il a posé une de ses mains sur son épaule." Si je peux amener le vaisseau à Galaxy III, toi et moi, Astrid, retournerons sur la planète Terre.

Astrid sourit.

"Ce serait magnifique", a-t-elle répondu.

"Entrez, Astrid.

« Je ne veux pas te laisser seul.

Et ils sont restés ensemble une heure.

Soixante minutes que cela représentait, là dans l'espace infini où ils se déplaçaient, bien moins que rien.

Il atteint le couloir avec le «Laser» à la main et hésite entre retourner dans la salle de transmission, l'un des postes devenus vacants avec la mystérieuse disparition de Ming et qu'il devrait occuper comme il l'avait fait jusqu'à présent, ou vérifiez à nouveau le navire.

Il a opté pour ce dernier.

Il commença à marcher, entendant ses pas frapper en rythme le sol en métal ; des pas qui rebondissaient de mur en mur, réveillant les échos endormis du vaisseau et enfin, des pas qui allaient se perdre dans les recoins, dans le reste des couloirs, lui donnant l'étrange impression qu'on se moquait de lui.

Kalf s'arrêta quelques fois avant de prendre celui qui devait le mener directement à la boîte à réaction, au moteur du vaisseau spatial.

Il les a vus avant d'entrer.

Quatre.

Deux de chaque côté du panneau qui servait de porte, derrière lequel se tenait Jem.

Avec des pistolets à rayons cosmiques à la main.

Il a continué à marcher.

Devant lui, venant d'un des couloirs adjacents, venaient six autres, également armés, exactement comme il l'avait lui-même ordonné.

Ceux du panneau se retournèrent.

Les autres continuèrent à marcher, avec un calme parfait, comme s'ils ne devinaient pas le danger qu'il repérerait en un cinquième de seconde.

C'était quelque chose qui allait arriver, que je voyais et que malgré cela, je ne pouvais pas croire.

Il a essayé de crier, de dire quelque chose, mais il n'a pas pu.

Quelque chose comme une griffe agrippait l'intérieur de son esprit, et son cerveau en éponge ne pouvait pas envoyer une seule commande aux muscles de sa gorge.

Puis, devant ses grands yeux, c'est arrivé.

* * *

« Non, il ne le fait pas.

"Pourquoi?

"Je pense qu'il ne m'aurait pas cru et pourtant c'est vrai.

Swift la dévisagea.

« De qui était-ce l'idée ?

"Quelle idée?

« Que tu es là. Le vôtre ou celui de Dee ?

"C'était à moi.

Mais Swift croyait qu'elle mentait, tout comme ses raisons de le faire. Il le lisait dans sa tête.

Il tendit un bras pour pointer derrière.

"Suivez-moi," dit-il.

"Où?

C'était une question inappropriée, mais bien qu'elle le sache, Lillie la posa, et Swift, la regardant toujours, montra ses gencives édentées dans quelque chose comme un sourire.

« Vous devez siéger devant le Grand Conseil.

Ses jambes tremblaient.

"Allons-y.

Il posa une de ses mains aux longs doigts noueux, se terminant en pointe et sans ongles, sur l'une de ses épaules.

Il l'a emballée.

« Allez, répéta-t-il une fois de plus.

Le trou dans le mur était petit et sombre, contrastant fortement avec la luminosité du reste du bâtiment, produite par le soleil de la III Galaxie.

"Arrive.

Lillie continua sans répondre et pénétra dans l'alcôve.

Se déplaçant à ses côtés, Swift étudia le panneau multi-contrôleur à portée de main et enfonça un doigt dans l'un d'eux.

CHAPITRE VIII

Lillie a commencé à descendre.

"N'ayez pas peur.

"Je ne l'ai pas.

Le silence.

Une minute, deux ; elle n'a jamais su, jusqu'à ce qu'il entende soudain la question :

« Pourquoi détestez-vous Knut ?

« Il t'a dit ça ?

"Non. C'était ton esprit, Lillie. Tu essaies de te fermer à moi, mais tu ne peux pas.

C'était vrai et elle ne répondit pas.

Elle essaya de ne pas penser.

Ce n'était pas agréable de savoir que n'importe qui, à l'intérieur ou à l'extérieur de la IIIe Galaxie, pouvait le faire.

Elle a pris un risque.

« Faire cela est interdit par le Grand Conseil, Swift, et tu en fais partie.

"C'est vrai, mais pas dans ce cas.

"Pourquoi ?

« J'essaie de trouver une raison.

« À cause de Knut ?

"Oui. Mais tu ne me laisseras pas faire, et tu ne dois pas résister. Ne le fais pas, Lillie.

« J'essaie de le faire de cette façon, mais je ne peux pas.

L'ascenseur s'est arrêté.

Un nouveau trou.

Brillante, pleine de lumière, et l'étrange main nerveuse de Swift sur son épaule, la tirant dans le long et large couloir qui s'ouvrait devant eux.

C'était extraordinaire, mais elle n'éprouvait aucune peur.

"Cela me rend heureux, Lillie.

Elle le regarda avec dégoût.

Essayer une fois de plus de ne penser à rien, pas même à Dee, qui s'inquiéterait pour elle.

Une porte qui a été déplacée à droite et à gauche laissant un trou au centre.

Swift marchait devant, la tirant derrière.

Puis elle s'est arrêtée.

Lillie regardait comme si elle était fascinée, car elle n'était jamais là.

Elle était dans une grande pièce avec une table au centre, entourée de chaises à haut dossier, quelque chose qui pourrait très bien être pris pour la salle de réception de la Maison Blanche dans la capitale disparue des anciens États-Unis d'Amérique, de retour dans le Terre lointaine.

Dans quelque chose qui a sombré dans l'oubli du temps, lors de la Catastrophe Finale.

"S'asseoir.

"Où?

Elle ne le regardait pas, elle ne réfléchissait pas, elle parlait comme un automate.

"Là bas.

La tête de l'immense table.

Lillie savait ce que cela signifiait.

Elle l'a fait, sans protester, sans dire un mot, sachant que c'était elle-même qui voulait se voir là.

Et elle a attendu.

C'était très peu; elle les vit entrer.

Un pour chaque planète qui composait la galaxie III.

Certains ont repoussé; d'autres non.

Ils étaient assis.

Ils la regardaient, essayant de pénétrer son esprit, de la scruter à l'infini.

Elle a commencé à résister.

Une minute, deux, dans le silence le plus affreux, tandis que les silhouettes devant elle la fixaient, ou l'équivalent.

Son corps se détendit ; elle ne le voulait pas, mais elle ne pouvait pas s'en empêcher.

Elle ferma les yeux.

Quand elle les ouvrit, elle était seule, à l'exception de la compagnie de Swift.

« Que s'est-il passé ?

Swift ne souriait pas quand il a répondu ;

"Viens avec moi.

« Et maintenant, où m'emmenez-vous ?

« Tu retournes aux côtés de Dee.

" Et... ?

Elle n'a pas osé dire son nom, mais il l'a fait :

« Noix... ?

"Oui.

"N'importe quel.

Lillie n'a pas répondu et ils sont partis; Ils parcoururent la route en sens inverse.

Lorsque l'ascenseur s'arrêta devant la grande salle circulaire, elle demanda :

« Que va-t-il m'arriver, Swift ?

« Cela sera décidé par le Grand Conseil.

Elle ne répondit pas, car elle savait positivement qu'il était inutile d'insister.

Mais elle a continué sans peur.

"Partez maintenant. Vous serez averti.

Elle commença à marcher, traversa la pièce de l'autre côté, atteignit le couloir et continua à marcher en direction de l'endroit où Dee l'attendait.

Elle méditait quand elle le vit, presque devant elle, sur l'un des carreaux ; la chose verte unicellulaire qu'était Knut la regardait avec de petits yeux à moitié en colère et à moitié moqueurs, et d'un sursaut elle mit ses mains sur sa poitrine, peut-être pour étouffer le petit cri qui avait du mal à sortir de sa gorge .

Puis elle l'entendit parler d'une voix rauque :

"C'était une erreur de ta part, Lillie," dit-il.

« Pourquoi n'as-tu pas essayé de l'empêcher ?

« Rien, mais je savais que tu allais le faire.

" Et... ?

« C'était une erreur, la vôtre et celle de Dee.

"Pourquoi?

« Je sais ce qui se passe sur ces vaisseaux, Lillie, et je sais aussi ce que je vais faire à ce sujet.

Il n'attendit pas de réponse, il glissa par terre et suivit les pas qu'elle avait amenés ici.

Lillie ne tourna même pas la tête alors qu'elle commençait à marcher dans la direction opposée à Knut.

Six ou sept minutes plus tard, elle était dans les bras de Dee.

Lorsqu'ils se séparèrent, c'est lui qui brisa le silence.

« Que s'est-il passé ? » demanda-t-il.

« Je me suis assis à la table du Grand Conseil.

Dee la regarda avec inquiétude.

« Et quoi d'autre ? », a-t-il encore demandé.

" Je me suis endormi.

Dee fronça les sourcils.

« Après ce rêve... que t'a dit Swift ?

"N'importe lequel; mais je n'ai toujours pas peur. Nous avons fait ce qui était pratique. "Elle s'est arrêtée et a ajouté": Knut savait ce que nous allions faire. Essayez de le discréditer devant le Grand Conseil. Ou du moins, c'est ce qu'il pense .

Dee n'a pas répondu.

Puis il regarda les ordinateurs et maintenant il parla :

« Je ne pense pas, Lillie.

"Non... ? Il lit dans nos pensées comme s'il utilisait ces vieux papiers conservés dans les musées d'antiquités. Il sait donc quelles étaient nos intentions.

Lillie s'avança vers lui.

« Pourquoi n'appelles-tu pas, Dee ? "Elle a demandé.

"Où?

« À ce navire. Kalf est votre ami. Vous êtes tous les deux venus dans cette Galaxie ensemble.

« Vous vous inquiétez de son sort, n'est-ce pas ?

"Oui c'est comme ça.

"Je le ferai pour vous. Mais nous n'obtiendrons rien.

Quelques minutes plus tard, seul l'immense silence étoilé répondait à ses appels.

Il lâcha l'émetteur, pivota sur son siège et se tourna pour lui faire face.

"Lilie...

" Oui .. ?

« Nous irons n'importe où, en dehors d'ici.

"Ensemble...?

« N'est-ce pas ce que vous voulez ?

« Oui, mais le Grand Conseil demeure. Ils peuvent nous séparer, Dee.

"Oui, c'est possible, mais j'espère que tout se passera bien. Mais sinon, je te chercherai. Tôt ou tard, je le ferai.

Sans attendre de réponse, il se retourna, prit l'un des émetteurs interplanétaires et se mit à appeler désespérément.

N'importe quel.

Juste le silence.

Se retournant une fois de plus pour la regarder, il les vit.

Ils étaient deux et ils étaient armés.

Il se leva, et à côté de lui, une Lillie pâle, lui emboîta le pas.

" Oui .. ?

L'un des deux prend la parole :

« Le Grand Conseil vous attend.

Dee leva le bras pour pointer autour de lui.

"Et tout ça...?

"Je m'en occupe moi-même.

Ils se suivaient, très près l'un de l'autre, sans se regarder et sans se dire un mot.

* * *

Ils se regardèrent à nouveau.

C'était la relève et ils avançaient vers eux, par le centre du navire.

Les six.

Quatre d'entre eux resteraient là et les deux autres iraient à la salle de contrôle.

Les quatre commencèrent à sourire en les voyant de plus en plus proches, et les quatre levèrent en même temps leurs canons à rayons cosmiques.

Non, ce n'était pas six gardiens.

Il y avait six choses énormes et poilues qui couvraient toute la largeur du couloir tandis qu'un bruit sourd se répandait partout.

L'un des quatre cria en appuyant sur la gâchette.

Devant, l'une des choses a disparu en fumée, après l'éclair, tandis que les cinq autres se sont dispersées et ont ouvert le feu avec les «Lasers».

Sous les yeux de Kalf, une bataille ébouriffante s'est déroulée entre les membres d'équipage eux-mêmes, tandis que l'air était empli de l'odeur de la viande brûlée et de celle de divers matériaux, également en combustion.

Puis il fut englouti dans la fumée sale et nauséabonde et sentit la nausée le submerger de la tête aux pieds.

Il s'est effondré.

Lorsqu'il se remit debout, appuyé contre l'une des parois métalliques, tout était silence autour de lui, et il ne restait aucune trace des dix membres d'équipage.

Seule la fumée qui disparaît rapidement est absorbée par les tubes de renouvellement d'air.

Le silence était absolu.

Kalf n'a jamais su, mais la vérité est que chacun des dix dans le couloir a vu la même chose devant eux.

Ils ont vu la Terreur les attaquer, souhaitant les transformer en quelque chose comme Helius et Ord.

Ils s'étaient défendus l'un contre l'autre, et c'était tout.

La puissante mentalité qui était à bord, l'être qui la possédait, le spécimen que personne n'avait vu, jouait peut-être une de ses dernières cartes.

Quelque peu rafraîchi, Kalf se dirigea vers le panneau derrière lequel se tenait Jem.

Il a essayé de casser la cellule pour passer,

Mais il ne pouvait pas. De l'autre côté, obéissant à l'un de ses ordres, Jem lui-même l'avait coupée.

Il haussa les épaules, et Laser en main continua dans le couloir, tourna à sa droite, se dirigea vers la salle de contrôle, et là, comme partout ailleurs, il y avait une odeur nauséabonde de matière brûlée.

Il passa sa main sur son front.

Le silence était terrifiant, après cette bagarre entre les membres de son propre équipage.

De cabine en cabine, il scruta le navire.

Il était seul.

Il a été laissé seul sur un bateau qu'il pourrait peut-être manœuvrer seul... peut-être avec Astrid et Jem.

Oui, peut-être qu'ils l'aideraient, ils l'aideraient si cette chose... ou si Jem... s'il pouvait le faire quitter la pièce dans laquelle il se trouvait après les ordres qu'il lui avait donnés après la mort d'Ord.

Astrid, Jem et le robot médecin.

C'était totalement absurde.

Absurde et terrifiant.

Essayant de ne pas y penser, il se dirigea vers la salle de contrôle, fit glisser le panneau, entra à l'intérieur, posa le laser à côté de lui et fixa l'écran de l'ordinateur.

Une question.

Le seul auquel il pouvait penser, celui qui devait être fait.

Tel un automate, Kalf se mit à appuyer sur des boutons avec une rapidité étonnante.

Qui et pourquoi ?

C'était tout.

Et il s'est traité mille fois de stupide en pensant que ce qu'il faisait à ce moment-là aurait pu être fait bien plus tôt ; au début, avant quoi que ce soit, avait organisé ce massacre à l'intérieur du navire.

Maintenant, la réponse pourrait être beaucoup plus importante... ou aussi importante qu'au début.

Il était sûr que le voile qui cachait tout ce mystère allait glisser devant ses yeux

Après une nouvelle légère hésitation, après avoir posé les deux questions, Kalf appuya sur l'unique bouton. rouge sur le tableau et attendit les yeux fixés sur l'écran noir.

Une bande blanche se détachant sur le fond noir

Maintenant, allumez-le.

Il s'allumait déjà.

Je ne sais pas qui ni comment, mais tu vas mourir, Kalf. Toi et tout le monde sur le bateau. Il te reste très peu..., très peu...»

C'était la réponse.

Kalf se figea et d'une main nerveuse prit le «Laser» et se retourna face au panneau.

Immobile, bien fermé, mais pouvant être ouvert de l'extérieur.

Le déconnecter de là, de l'intérieur, d'où qu'il soit ?

Mais cela servirait-il à quelque chose ?

Kalf ne le savait pas.

Décès.

Cela pourrait être sûr.

Il ne trembla pas quand cette pensée lui vint à l'esprit,

Il se tourna alors vers les boîtiers de contrôle et décrocha l'un des interphones.

« Euh ... ?

Il y eut un léger bourdonnement et il entendit sa réponse.

"Calf... ?

"Oui c'est comme ça.

"Quelque chose ne va pas?

Kalf déglutit difficilement.

"Nous voyageons seuls dans l'espace, Jem. Quelque chose de terrible, de sinistre, s'est produit.

"Seul...? Mais oui...

« Écoute... et ne m'interromps pas, Jem, » coupa-t-il. Et puis, en quelques mots, il expliqua le peu qu'il avait pu voir. Il a terminé en disant : « Je ne vais pas vous demander de sortir de là et de venir, peut-être parce que j'ai peur que vous n'obéissiez pas. Je suis dans la salle de contrôle, j'attends, je ne sais même pas quoi.

"Comment comment...?

« J'ai formulé une question à l'ordinateur. Elle, comme le robot, ne répond pas. C'est-à-dire une seule chose; que nous allons tous mourir, qu'il nous reste peu de temps.

"Êtes-vous sûr?

Kalf a mis plusieurs secondes à répondre.

CHAPITRE IX

Quand il l'a fait, il souriait, mais il y avait de la dureté dans son sourire.

"Le message est toujours écrit sur l'écran", a-t-il déclaré. L'ordinateur s'est arrêté et ne veut pas le supprimer, ce qui me fait présumer que cette chose... ou quoi que ce soit, l'a configuré comme ça, pensant que tôt ou tard j'essaierais de découvrir son identité de cette façon.

« Cela suggère une intelligence bien supérieure à la nôtre et même... Eh bien, pourquoi pas, bien supérieure à Knut et aux membres du Grand Conseil.

Kalf ne répondit pas.

À l'autre bout du fil, Jem était également silencieux, jusqu'à ce qu'il ajoute soudain :

« Je sors, Kalf, tu comprends ? Je veux voir ce message.

"J'attendrai.

Il coupa la communication et tourna les yeux vers l'écran.

Le message d'outre-tombe, si on pouvait l'appeler ainsi, était devant ses yeux d'une manière claire et précise ; indélébile.

Ou du moins, cela semblait ainsi.

Kalf a commencé à bricoler l'ordinateur, essayant de l'effacer, malgré le discours de Jem ; pour le remettre en marche, mais tous leurs efforts ont été vains.

a renoncé.

Puis, comme saisi d'une idée soudaine, il se retourna encore une fois, décrocha l'interphone et appela :

"Jem... écoute, Jem...

Le silence.

"Jem... Hé, Jem ; Je suis Kalf, tu comprends ? Ne sortez pas de là; ne fais pas ça. C'est... C'est horriblement dangereux.

Le silence.

Jem avait déjà quitté la salle des machines, le réacteur du vaisseau sans surveillance.

Kalf haussa les épaules... Bien sûr, avec un peu de chance, Jem serait à ses côtés et... avec un peu, Astrid... Astrid, les trois... et le commandement du vaisseau.

Le retour...

Soudain, il laissa tomber l'interphone, l'autre prit le sidéral, et se mit à émettre frénétiquement, remarquant que malgré ses pensées et ses désirs, malgré le fait qu'entre eux trois ils pouvaient obtenir le salut, ou du moins il le pensait, il commençait perdre son sang-froid

« XA 23 appelant Galaxy III... XA 23 appelant Galaxy III... Répondez.

Il attendit, mais le silence spatial fut la seule réponse qu'il reçut.

"XA 23 appelle Galaxy III... C'est une urgence. Il se passe quelque chose à l'intérieur du vaisseau. Réponse. Nous restons seuls, Astrid, Jem et moi. POUR. 23 appels.. ,

Les ondes de transmission interspatiale ont dû quitter le vaisseau, voyageant dans toutes les directions à des vitesses bien supérieures à la vitesse de la lumière, mais elles n'ont pas atteint la Troisième Galaxie.

Ils n'ont pas réellement quitté le vaisseau spatial.

Ils n'ont même pas échappé à l'interphone, malgré toutes les commandes signalant le contraire.

Kalf ne le savait pas, mais rien ne fonctionnait ici depuis des heures, même si tous les indicateurs indiquaient le contraire.

Il a appelé encore et encore, plusieurs fois de plus, jusqu'à ce que, découragé, il lâche l'émetteur. Il devait se débrouiller tout seul... avec Astrid et Jem... comme il le pensait avant, si la chose le lui permettait. Si le message fatidique qui était toujours là, devant ses yeux...

Pensant que le centre de contrôle spatial pouvait avoir un problème, ce qui n'était pas la première fois que cela se produisait, il se retourna, faisant face au panneau qui s'ouvrait maintenant pour laisser passer Jem.

"C'est... C'est affreux, Kalf," commença-t-il. Ce silence est...

Kalf n'a pas répondu; Je l'ai regardé.

Devant ses yeux, Jem s'avança.

Un, deux, trois pas, voire quatre, mais pas un de plus car alors il vit le Monstre, la Terreur, qui s'avançait vers lui, bien sûr, le regardant avec ses yeux noirs, en bavant, et leva le «Laser» à la hanche la taille. .

Devant lui, Jem s'arrêta net, hésita un peu, et le visage livide cria :

« Ne fais pas ça, Kalf ! Ne... Ne tirez pas !

Il savait qu'il le ferait dans quelques secondes, interrompit son cri et sursauta.

* * *

La grande salle.

Les membres du Conseil de l'Espace.

Lillie se pressa contre Dee.

"As tu peur?

"Un peu," murmura-t-elle.

« Vous ne devez pas l'avoir.

"Je n'ai pas peur pour moi-même", a-t-elle répondu. Seulement à la séparation.

Il y eut une légère pause entre les deux que Dee interrompit.

« On nous a dit de nous asseoir, Lillie, dit-il.

« Vont-ils nous endormir ?

"Peut être.

Ils prirent place.

En face d'eux, de l'autre côté de la table, se tenait Knut.

Swift était à ses côtés, silencieux, sombre, sinistre.

Oui; c'était le mot juste pour le définir.

Lillie le pensait, mais ne l'a même pas dit à Dee ; puis elle a essayé de fermer la vanne de son esprit.

Ce faisant, les petits yeux perçants de Knut brillaient de manière inhabituelle.

Malgré ce qu'elle disait, le Terrien avait peur.

Swift était assis à côté de Knut.

Et il fut le premier à commencer à parler, s'adressant à Dee :

"Signalez ces navires," dit-il.

Lillie ressentit le besoin de donner la réponse :

« Dee n'en sait rien, Swift. L'affaire ne concernait que moi. La décision...

Un autre des membres du Grand Conseil de l'Espace lui adressa sa tête hirsute et tendit un bras démesurément long dans sa direction.

« Vous êtes un spécimen appelé une femme, n'est-ce pas ? "Il a demandé.

Sans qu'elle puisse s'en empêcher, les yeux de Lillie brillaient.

"Oui, c'est vrai," répondit-il.

« Eh bien, tu dois te taire jusqu'à ce qu'un membre du Conseil te le demande.

Lillie se mordit la lèvre.

De l'autre côté de la table, les yeux de Knut étaient remplis de joie.

Il a aimé le jeu.

Ce terrien, sur son ordre, avait fermé son esprit et il a essayé de l'ouvrir, mais il n'a pas pu.

Pendant ce temps, Lillie détourna les yeux vers Swift.

"Tu as vidé mon esprit et tu sais que je dis la vérité" affirma-t-elle. J'ai décidé de venir. Dee ne voulait pas; il savait que c'était dangereux.

Il y eut un long et lourd silence.

"Rapport, Lillie," répondit Swift, "mais laissez-le entrer dans votre esprit. J'essaie, mais je ne peux pas.

C'était vrai et Lillie le savait.

Elle tourna les yeux vers Dee.

"Fais ce qu'on te dit," répondit-il, à sa question tacite.

Lillie ferma les yeux et parla sans les regarder.

"Knut fait une erreur," dit-elle doucement. Personne ne cherche à le discréditer au Grand Conseil. Il a besoin de dormir ou il mourrait. Il se reposait quand nous avons réalisé que ce qui se passait avec le XA 23 avait une certaine similitude avec ce qui arrivait aux autres navires. Des vaisseaux qui, pour une raison ou une autre, avaient été forcés d'entrer en contact avec cet astéroïde. Dee a dit de t'appeler et... , et... Je ne voulais pas. Par contre, je ne savais pas s'il allait nous croire ou non.

Elle s'est endormie

Une étrange torpeur l'envahissait, et une seconde avant qu'elle ne perde contact avec tout, elle se demanda si Dee vivait la même chose qu'elle.

Elle ouvrit difficilement les yeux.

Elle regarda autour d'elle et ses yeux rencontrèrent ceux de Dee.

« Comment suis-je venu ici ? demanda-t-elle en s'asseyant.

"Je vous ai apporté.

Elle regarda à nouveau autour d'elle, surprise de se retrouver dans la salle de contrôle de l'espace, à côté de lui.

Etrange aussi que Knut ne soit pas avec eux.

"Où est-il?

"Qui?

"Knut.

« Avec le Grand Conseil.

"Qu'est-ce qu'il m'est arrivé?

"Vous dormiez.

« Déjà ça. Je sais. Et vous?

"Ce n'était pas nécessaire. Je n'ai pas fermé mon esprit comme toi " il la regarda fixement, comme s'il ne l'avait jamais vue auparavant, comme si à ce moment précis il réalisait qu'il y avait quelque chose d'étrange en elle, qu'il y en avait toujours, et il ne Je ne sais pas comment le voir jusqu'à ce moment. Le bon moment." Ils ont dit qu'en dépit d'être une femme terrienne, vous avez l'esprit le plus puissant de toute la galaxie. Plus puissant que celui de Knut. Si tu ne t'étais pas laissé faire, aucun d'eux, ensemble ou séparément, n'aurait pénétré dans ton cerveau. Knut a avoué qu'il a commencé à essayer dès que vous vous êtes assis à table et qu'il n'y est pas parvenu tant que Swift ne vous a pas demandé de leur faciliter la tâche.

" Et... ?

"Je ne sais pas ce que ça va faire.

"Pourquoi?

« Ils n'ont rien dit, Lillie. Juste pour vous amener ici et attendre.

Lillie a pris plusieurs secondes pour répondre, et quand elle l'a fait, c'était pour poser une nouvelle question :

« Pensez-vous que malgré mon esprit, je serai déporté vers n'importe quel planétoïde pour le reste de mes jours ? Knut est très puissant.

"Je sais.

"Alors...

« J'irai avec toi malgré le Grand Conseil, Lillie. Je trouverai un moyen si vous m'aidez.

"Que devrais-je faire?

"Rien pour l'instant. Mais si cela se produit, le cas, nous le contacterons par l'esprit.

"C'est interdit et...

« Je sais, mais c'est un moyen de communication entre les deux qu'ils ne pourront pas éviter. Et maintenant tais-toi; Je vais essayer de découvrir quelque chose sur ce vaisseau.

Impossible.

Dans l'espace, à plusieurs années-lumière, XA 23 a continué à rester silencieux en réponse à toutes ses tentatives d'établissement de contact.

Quand il eut fini, il la regarda avec une lueur de découragement dans les yeux.

"N'importe quel.

"C'était prévu.

"Pourquoi?

« Nous nous sommes mis d'accord trop tard. Une erreur des deux.

Mais elle avait tort, ce qu'elle ne savait pas à l'époque.

« Ou les trois.

"Knut ne l'admettra jamais.

Ils se turent.

Non, il ne le ferait pas, et pour cette raison, la séparation des deux ne tarderait pas à venir.

Knut était incapable d'aimer, il ne comprenait pas de telles choses.

Ce n'était rien de plus et rien de moins qu'un énorme ordinateur extrasensoriel, contrairement à sa petite taille.

Dee fut celle qui brisa le silence un peu plus tard.

"Ils sont en retard", a-t-il dit.

Lillie croisa son regard.

« Ça t'inquiète ?

"Non.

Ils se turent à nouveau.

Ils pensaient.

Dee essayant de comprendre ce qui se passait au Grand Conseil.

Lillie pense la même chose, mais d'une manière différente.

Elle a essayé de se frayer un chemin vers les membres qui la composaient, par son esprit, jusqu'à ce qu'elle y parvienne.

Elle écoutait, sans trop d'effort, c'était la vérité, sachant déjà qu'elle pouvait le faire sans aucune difficulté.

Quelques minutes plus tard, elle se retourna pour le regarder ; Dee pouvait parfaitement voir que son visage était assombri.

« Dee... » sa voix était un murmure. Je... Je ne peux pas... Je ne pourrai jamais faire ce qu'ils me demandent... C'est... C'est impossible, Dee, mon amour...

Elle fit un pas vers lui, mais ne s'approcha pas tout à fait de lui.

Le panneau en forme d'œuf derrière eux s'ouvrit, révélant Knut, qui s'approcha d'eux. Il s'arrêta devant eux, s'arrêta et demanda :

« Rien de nouveau, terriens ?

Le visage de Lillie pâlit.

De son côté, Dee grimaça.

"Pas de nouvelles", a-t-il dit.

"Il y en aura bientôt", a déclaré Knut.

Il grimpa sur le pied de la table et s'assit devant les commandes de transmission intersidérales , mais il n'en ramassa pas une.

Ses petits yeux, durs comme des pointes de diamant, étaient fixés sur ceux de Lillie.

Jusqu'à ce qu'il demande :

« Vous le savez déjà, non ?

À la surprise de Dee, elle a répondu :

"Oui. Mais je ne l'obtiendrai jamais. Je veux dire, nous ne l'obtiendrons jamais...

« Tu le feras, Lillie. À présent. Nous pouvons... Nous pouvons toujours être à l'heure. Allez, Lillie, essaie.

"Je... je ne peux pas, je ne pourrai pas...

"Le Grand Conseil de l'Espace le veut ainsi... avec mon vote, bien sûr, Terrienne. Allez, Lillie, toute la galaxie III est entre tes mains.

Des mots qui sonnaient aux oreilles de Dee comme s'ils étaient prononcés dans une langue qui lui était étrangère puisqu'il ne les comprenait pas.

Il la regarda.

Lillie était silencieuse, elle ne regardait pas non plus Knut, ni les panneaux de contrôle, les ordinateurs, les écrans de télé qui restaient silencieux, mais ses yeux avaient bien changé d'expression.

Ennuyeuse, terne, fixée sur un des murs, et la regardant, Dee eut l'intuition qu'elle ne voyait pas ce mur, qu'elle ne voyait rien dans la pièce.

Qu'elle a « vu » ou commencé à « voir », quelque chose qui était là, beaucoup, beaucoup plus loin.

Elle commençait à transpirer, son visage était tordu et ses lèvres avaient manqué de sang.

Maintenant, elle tenait sa main sur son front, et Dee et Knut pouvaient voir qu'elle pressait sa main sur ses tempes ; main qui transpirait aussi. Une transpiration qui se mit à imbiber tout son corps de telle sorte qu'il arriva un moment où ses seins se détachèrent fortement sous le tissu d'aluminium qu'elle portait, mais elle ne sembla pas s'en apercevoir.

Elle ne semblait rien remarquer, sauf ce qu'il y avait au-delà, à des milliers de kilomètres d'années-lumière... s'il y avait vraiment quelque chose.

L'autre main, la gauche, avait maintenant les doigts accrochés à la table, des doigts blancs, pas de sang ; les perles de sueur coulaient le long de son cou et disparaissaient entre la naissance de ses seins...

Le silence était oppressant.

Dee pouvait sentir qu'elle commençait à transpirer elle aussi, et que son angoisse se transmettait peu à peu à elle.

Knut était toujours le même être impassible ; seuls ses petits yeux noirs brillants étaient plus brillants, si possible, que d'habitude.

CHAPITRE X

Soudain, des mots, complètement inintelligibles, commencèrent à sortir de la bouche de Lillie.

Quelque chose qui n'avait pas de sens, qui n'a pas été compris, jusqu'à ce que brusquement, d'une voix qui n'était pas la sienne, elle dise, maintenant avec une parfaite clarté :

« Cette... chose... C'est... C'est horrible et ça donne faim. C'est... C'est insatiable. Son... esprit... je ne peux pas, je ne peux pas le pénétrer... « Elle se tut quelques secondes, pour continuer à dire : Ming... Kalf et... Jem... all. .. tout. .. Je ne peux pas... entrer en contact avec eux. Cette Bête a fermé la vanne de son esprit. Jem... et Kalf... ils... ils ont encore... Astrid ! Mais elle dort.

« Essayez-le, Lily. Continue d'essayer! "La voix de Knut était à nouveau aussi verte que son corps." Allons-y bientôt !

Un autre silence, long, incommensurable, qui fut rompu de la même manière.

"Dee... C'est... affreux" elle le regardait déjà, et elle tremblait; L'angoisse, la terreur continuaient à se lire sur son visage, et elle était aussi désarticulée qu'au début. Je... je... je ne sais pas... si... j'ai réussi ou pas, mais Astrid... Astrid... cette fille... Oh, Dee !

Et elle tomba dans ses bras, cachant son beau visage pâle sur son épaule.

Froid, impassible, Knut les regardait.

Bien sûr, il ne les comprenait pas, il ne les comprendrait jamais, et c'est pourquoi il n'a même pas perdu de temps à essayer.

Mais quoi que ce soit... Les Terriens n'étaient pas aussi absurdes qu'il le pensait.

"Allez, Lillie," dit-il, "rapports.

Et elle, toujours pâle, les seins bougeant doucement sous la combinaison d'aluminium dont elle se couvrait, se sépara de Dee et se retourna pour le regarder.

* * *

Il ouvrit les yeux et regarda autour de lui.

Il y avait un horrible trou presque devant lui, et une partie d'un ordinateur avait disparu.

Il y avait encore dans l'atmosphère l'odeur fétide des câbles brûlés, de l'acier en fusion et d'autres matériaux, également en train de fondre.

Et autre chose, également devant lui.

Assis avec une jambe sur l'autre, le "Laser" dans une main, et l'autre, la sienne, dans l'étui, Jem l'observait attentivement.

"Qu'est-il arrivé...?

« Tu as essayé de me tuer, Kalf... mais... Eh bien, j'ai eu de la chance. J'ai sauté et je t'ai frappé fort », il a pointé son dos par-dessus son épaule. Ce trou pourrait être dans ma poitrine maintenant, tu comprends ? « Il a hésité quelques secondes et a demandé » : Que diable t'est-il arrivé ? Je pensais... Je pensais que tu étais devenu fou.

"Cette chose... La Terreur, Jem," dit-il. J'ai vu la Terreur venir vers moi... et c'était toi.

« Explique, Kalf,

Mais il savait la réponse qu'il allait recevoir bien avant de la lui donner.

« C'était... cette bête. Il a mis son image dans mon esprit quand tu es arrivé, Jem... et le reste est facile. C'était... aussi simple que... que quand nos gens ont commencé à s'entre-tuer, vous savez ? Peut-être qu'il m'a entendu t'appeler et...

Jem, les yeux fixés sur l'écran, qu'il vit par ailleurs presque une seconde après avoir frappé Kalf, où le message fatidique se poursuivait toujours, l'interrompit ;

« Tu as vu la chose... ou peu importe comment tu veux l'appeler, Kalf. Qu'est-ce que c'était? Comment c'est?

Kalf se leva ; En face de lui, Jem le surveillait.

"Si je te disais ça, Jem a "répondu", tu dirais que je suis fou... , et je pense que tu aurais raison. " Il jeta un regard circulaire autour de lui et continua : " Tout cela fonctionne, Jem... Tu le vois toi-même... Mais j'ai bien peur que rien de ce que nous voyons ici ne soit vrai.

"Que diable...?

"C'est vrai. Tout fonctionne, sans une seule erreur, sans un seul pépin, mais ça peut être juste ça..., une image, un mirage mis dans notre esprit par..." Il resta silencieux quelques secondes puis s'écria : " Astrid, Jem ! Je l'avais complètement oubliée.

"Où est-elle?

— Dans sa chambre... et elle ne sortira que si nous partons à sa recherche... Et cette chose est en liberté sur le bateau. Tu peux mettre mon image dans son esprit et elle... Allez, Jem, on ne peut pas perdre de temps.

Il se dirigea vers la porte, mais Jem s'avança devant lui.

« Laisse Astrid, Kalf... C'est... triste... mais le vaisseau passe avant tout. Allez, aidez-moi, on va vérifier tout ça, tous les deux ensemble, encore une fois.

Il doute.

Jem le regarda hésiter, jusqu'à ce qu'il haussa enfin ses puissantes épaules et répondit :

« D'accord... Mais si nous n'obtenons rien, j'irai trouver Astrid. Je veux être à ses côtés quand... nous arrivons à la fin.

Jem ne répondit pas, marchant de côté, gardant un œil sur lui, tenant toujours le "Laser", il s'approcha d'un des boitiers de contrôle, juste au moment où l'écran de l'ordinateur, après avoir démarré, perdait de sa luminosité. suppression du message.

Puis, à l'intérieur du vaisseau interstellaire dans la boîte de contrôle, toutes les commandes semblaient devenir folles.

« Bon Dieu, Kalf, regarde ça !

Mais il l'avait vu aussi.

* * *

Kalf prenait trop de temps.

Elle ne savait pas si le retard était dû à une autre cause, mais il se pourrait que cela fasse partie de cet horrible jeu.

Elle le voulait, elle avait envie de l'avoir à ses côtés, dans ses bras, et d'oublier toute cette Horreur.

Depuis combien de temps était-elle éveillée ?

Elle ne savait pas, ne pouvait pas savoir du tout.

Elle a sauté du lit au sol; il n'y avait aucun son, ce qui n'était pas étrange. L'interphone à l'intérieur de sa cabine était fermé; à la suite du cri d'Ord elle l'avait fait et tout était conditionné contre le bruit, et contre tout ce qui pouvait gêner le bon fonctionnement de la machine dans laquelle tout organisme humain ou extrahumain était devenu.

Elle aussi était fatiguée. Elle avait besoin de se reposer et elle le savait, tout comme Space Control. Elle connaissait tous ses membres depuis le jour même où elle reçut la mission qu'elle avait accomplie en tant que scientifique sur ce planétoïde dont elle revenait maintenant.

Oui, Kalf était en retard et elle avait besoin de Kalf, mais sa dernière commande avait été définitive.

Elle ne doit en aucun cas quitter sa cabine.

Elle se dirigea vers l'endroit où elle avait laissé ses vêtements et son corps nu se profila pendant quelques secondes à contre-jour avec le mur derrière elle.

"Je te regarde. Astrid.

Elle frissonna violemment.

"Kalf..." appela-t-elle mentalement, demanda-t-elle, inconsciente comme elle l'avait fait auparavant de l'interdiction de Space Control.

"Oui. Et je te vois. Tu es magnifique.

« Mais... Kalf ; ce n'est pas correct. D'un autre côté, vous ne pouvez pas me voir avec votre esprit.

Elle l'entendit rire.

« Certainement pas, mais tu te regardes, et moi..., je pénètre ta pensée, et pour le cas c'est pareil. Tu penses que tu es belle, Astrid, et je te vois comme ça aussi. Et ne vous inquiétez pas, cela ne se reproduira plus. Il y eut une légère pause, et la voix de Kalf résonna à nouveau dans son cerveau, plus persuasive que jamais : Pourquoi ne viens-tu pas ?

« Si vous arrêtez de chercher dans mon esprit, je le ferai.

« Je ne l'aime plus, Astrid, mais je t'aime toujours.

Elle a souri.

"Je sais" dit-il. Dis-moi comment ça va?

« Vous voulez dire le bateau ?

"Oui c'est comme ça.

« Il n'y a personne dedans, Astrid.

Elle frissonna en regardant autour d'elle, et Kalf dit :

"As tu peur?

"Oui. Quoi... Que s'est-il passé ?

"Quelque chose d'horrible, mais j'ai tué la chose qui l'a causé.

"Explique le moi.

« Quand tu viendras. Tu le feras ?

Astrid laissa s'écouler quelques secondes de silence avant de répondre :

"Oui ou es-tu?

« Dans la salle de contrôle. J'essaye de ralentir le bateau. Nous nous rapprochons de Cérès et j'ai besoin de votre aide. Allez, viens... Je t'attends.

« J'ai fini de m'habiller, Kalf.

« Ne sois pas en retard. « Il y a eu une pause de quelques secondes et il a ajouté » : Apportez quelque chose à boire. Je veux fêter ça.

« Et qu'est-ce que c'est ?

« Toi et moi, Astrid. Les deux seuls au centre de l'univers sidéral. Tu viens?

"Dans très peu de temps, Kalf, mon amour...

"OK je vais t'attendre.

Il n'y en avait plus.

Les deux seuls au centre de la...

sourit.

Elle n'avait pas peur, elle ne pouvait pas l'être ; Plus maintenant.

Elle commença à s'habiller, changeant rapidement de costume.

Kalf était une Terrienne comme elle, et elle savait que, entre autres choses, ce qu'il aimait le plus, c'étaient ses jambes.

Elle les regarda.

Parfait.

Astrid se donna quelques retouches supplémentaires et se dirigea vers le panneau avec l'intention d'atteindre le couloir.

Tout à coup, elle s'arrêta, comme si elle avait heurté une barrière invisible, hésita quelques secondes, porta la main à son front, puis, marchant comme un automate, revint sur ses pas, s'approcha du petit tas de ses vêtements sur le lit. , a sorti le pistolet à rayons cosmiques, a mis ses mains derrière son dos et maintenant elle est sortie, sans une seule hésitation.

Elle regarda des deux côtés.

Le silence était terrifiant et inquiétant.

En atteignant le premier virage, elle eut l'impression la plus étrange que quelqu'un la regardait, et ce n'était certainement pas Kalf.

Et un autre; qu'elle a continué sans avoir peur.

Elle a essayé de communiquer mentalement avec lui, mais elle n'a pas pu.

Elle a pris le virage.

Rien ni personne.

Kalf ne lui avait pas menti quand il lui avait dit qu'il n'y avait qu'eux deux sur le bateau.

C'était horrible.

Elle fit encore un, deux, trois ou quatre pas, avec des mouvements d'automate, comme si quelque chose ou quelqu'un de puissant mentalement la poussait. Toujours les mains derrière le dos, elle suivit la direction qui la conduirait au rayon qui servait d'entrepôt, de magasin d'alimentation et de quelques autres choses.

Elle s'arrêta maintenant pour regarder en arrière.

Rien ni personne; mais c'était illogique, presque irréel, cette sensation de puissance, de force, qu'elle commençait à éprouver à ce moment-là.

Et surtout son absence absolue de peur.

Astrid a compris tout cela, bien qu'elle ait cessé de voir le "pourquoi" du fait, pour le comprendre.

Elle regarda à nouveau.

Le silence.

Rien ni personne...

CHAPITRE XI

Jusqu'à présent, elle n'avait entendu que l'écho de ses pas qui semblaient se répandre dans toute la nef, et maintenant, immobile, au centre du couloir, l'écho s'était éteint.

La sensation d'être surveillée avait également disparu et après la terreur vécue pendant ces heures, un calme étrange commença à l'envahir ; ses belles jambes avaient cessé de chauffer.

De nouveau, elle pensa à Kalf et essaya de le contacter.

Trois petites secondes ont suffi pour l'obtenir.

"Calf...

"Oui...?

« Vous avez dit que nous étions seuls sur le bateau, n'est-ce pas ?

"Oui bien sûr pourquoi ?

« Eh bien, tout à coup, j'ai eu peur... mais plus maintenant. "Elle s'est arrêtée et a demandé" ; Savez-vous où je suis maintenant ?

Il y eut un silence qui dura quelques secondes.

"Oui. Vous êtes près de l'entrepôt du navire,

"E. „ ?

« Dépêche-toi, Astrid. Apportez quelque chose et venez, je ne peux pas passer beaucoup de temps avec les commandes, Jem est mort aussi, vous savez ? Ils sont tous morts, mais j'ai tué la Terreur. Je l'ai fait, ma chère Astrid, et s'il vous plaît, dépêchez-vous... mais apportez quelque chose à boire.

Voix douce et caressante...

Elle a commencé à marcher.

Astrid traversa rapidement l'espace restant pour atteindre le panneau, qui comme toujours s'écarta en laissant le vide devant elle, et entra.

Elle était dans le noir.

Elle fit un pas en avant et s'arrêta.

Et son esprit était pleinement lucide alors qu'elle demandait par télépathie :

"Calf... ? C'est très sombre. Où sont les boissons ?

Elle fit un autre pas, et un autre... et les pattes poilues s'enroulèrent autour de son corps.

"Venez, ma chère," dit-il de sa voix d'araignée.

Astrid n'a pas crié, elle n'a pas bougé, elle n'a ressenti aucun dégoût quand elle a vu ces yeux noirs fixes devant elle, cette bouche horrible et le tissu épais, blanc et visqueux qui commençait à en suintait, mais elle a retiré sa main de son dos et a appuyé sur la gâchette à hauteur de hanche.

Il y eut une étincelle, un nuage de fumée bleue et noire, puante et nauséabonde, et le corps horriblement difforme qui la pressait jaillit de ses rétines... mais sans un seul râle, sans un gémissement, sans quelque chose, même s'il avait été un cri, un gémissement...

Il a simplement disparu dans le néant.

Elle chancela, recula de quelques pas, toujours hésitante, et chercha le corridor, contre l'un des murs duquel elle s'appuya d'un visage aussi pâle que celui d'une morte.

Mais elle était vivante, et c'était ce qui comptait. Elle a vu l'Horreur ; il l'a emprisonnée dans ses bras, et elle en a fini avec lui.

L'horrible cauchemar avait disparu pour toujours.

Elle pensa à Kalf, encore secoué.

« Kalf... Kalf... C'était... C'était affreux. Kalf... "appelé". Salut moi Kalf...

Elle s'éloigna du mur et commença à marcher, dans un silence épais, vers la salle de contrôle.

Maintenant, son interdiction, celle de Kalf, ne comptait plus pour rien. Tout était fini et devant eux deux..., s'ils pouvaient gérer le vaisseau interstellaire, le futur s'ouvrait.

« Kalf... Kalf... Qu'est-ce qui t'arrive ? Kalf, mon amour...

Elle a continué à marcher, le pistolet dans la même position, à hauteur de hanche.

Un pas, un autre, un autre... atteignant presque le bout du couloir, l'écho de ses pas grondant métalliquement dans son cerveau fatigué, tandis qu'un étrange laxisme s'emparait d'elle.

"Kalf..., mon amour... Kalf...

Puis elle le vit arriver au coin de la rue, seul, avec le "Laser" à la main, et comment il s'arrêta presque net, la voyant à son tour.

« Astrid !

Elle chancela, hésita un peu, le canon à rayons cosmiques lui glissa de la main avec un bruit sourd, et avec un petit cri elle courut vers lui, qui n'eut qu'à ouvrir les bras pour la recevoir.

« Kalf... Kalf... C'est... C'est horrible... » s'exclama-t-elle, mais je n'ai pas peur. Je ne l'aurai plus jamais. Le bateau... le bateau...

Kalf l'interrompit.

"Tout va bien. Astrid," dit-il doucement. Jem est aux commandes, aidé par le pilote automatique. Non... je ne sais pas ce qui s'est passé, mais... mais... tout à coup, toutes les boîtes et les commandes ont semblé devenir folles, et puis... puis elles se sont verrouillées sur un point, dans une direction, et j'ai réalisé qu'ils indiquaient le véritable cap du navire. Nous n'allions pas à Cérès, Astrid, mais à l'astéroïde où nous nous sommes arrêtés la première fois... C'était... C'était beaucoup trop tôt, sinon nous nous serions écrasés dessus. Maintenant, il était abandonné, perdu dans le ciel d'Antarès.

"Et et...

« Nous revenons à la III Galaxie. C'est vrai. Maintenant oui. Jem a pris contact avec Knut... et la route actuelle est correcte... Et sans... sans cette chose... quoi... quoi...

« Alors, tu sais ?

"Non. Du moins pas tout à fait, Astrid. Knut a seulement dit que c'était maintenant la bonne voie... parce que le danger était parti." 't.

Nous avions fermé l' esprit à tout... pour empêcher... pour empêcher la Bête d'entrer en eux et de nous forcer à nous entretuer. Et toi, Astrid...

Elle l'interrompit en posant ses mains sur ses épaules, comme si elle cherchait sa protection.

« C'était... C'était Lillie, Kalf. Cette petite amie à toi. Cette fille Dee, dans Galaxy III. Elle a pénétré mon esprit, le scrutant jusqu'au dernier recoin pendant que je dormais et puis..., puis... Bon, je ne sais pas très bien, mais je sais que c'est elle qui a mis une barrière entre mon esprit et ça de la Terreur... , et je suis allé à sa rencontre alors qu'elle me parlait d'amour avec ta voix et en ton nom "elle pointait en arrière, là où était resté le canon à rayons cosmiques". Je l'ai désintégré quand il m'a étreint, Kalf. C'était... monstrueux.

« Un être... » il l'avait aussi vu dans la figure de Jem » avec plus d'intelligence que nous tous réunis. Plus que Knut lui-même... et plus... plus que Lillie elle-même. Capable de nous halluciner pour nous jeter l'un contre l'autre..., histoire d'assouvir sa faim. Capable de nous faire croire à des pannes inexistantes de nos moteurs pour nous forcer à atterrir sur cet astéroïde, sa maison, afin qu'en ouvrant l'écoutille il puisse pénétrer à l'intérieur du vaisseau.

« Lillie... Seule Lillie était capable de le faire, Kalf. Elle occupera une position aussi importante voire plus que celle de Knut au sein de la III Galaxie et son nom sera en tête de liste des Diamants du Conseil de l'Espace. Elle m'a fait supprimer le truc et j'ai... j'ai fait...

A ce moment elle s'évanouit.

Kalf ne l'a pas laissée toucher le sol avec son corps, mais l'a attrapée avant qu'elle ne tombe; puis, la serrant dans ses bras, il se dirigea lentement vers la salle de contrôle où Jem l'attendait.

Il pensait à Ming.

A Ming et à Astrid.

Ils avaient tous deux quitté le vaisseau sur l'astéroïde, puis Astrid était celle qui revenait. Ming avait disparu. Ming disparut comme de la fumée et Astrid... Astrid pouvait très bien l'achever... Il fallait que ce soit ainsi, lui-même avait presque fini Jem... mais Astrid ne le saurait jamais. Pas par sa bouche.

La Terreur, la Chose..., l'esprit monstrueux qui les avait dominés jusqu'alors, fut la cause de la mort de Ming, commandant du vaisseau interstellaire.

En fait, cela s'est passé ainsi, bien qu'Astrid elle-même ait été, ou devait être, celle qui a tiré avec le pistolet dans sa main.

La Bête a fermé une écluse dans l'esprit de la fille lorsque l'événement s'est produit, et cette écluse ne s'ouvrirait jamais. Il ne ferait rien pour qu'elle s'en souvienne.

Kalf s'arrêta devant le panneau, qui glissa sur le côté, et entra dans la salle de contrôle.

« Comment ça va, Jem ? "Il a demandé.

Après avoir longuement regardé le corps évanoui d'Astrid, il répondit :

"Bien sûr, Commandant. Je commence à ralentir le vaisseau pour entrer dans les vingt-quatre heures dans l'atmosphère entourant la Planète I de la III Galaxie. Mais... Mais... tu devras m'aider.

* * *

Dans le contrôle de l'espace de la galaxie III, a annulé les différences entre eux, si en fait il y avait jamais quelque chose qui pourrait être appelé ainsi, sous les yeux attentifs de Knut et Lillie, Dee a donné les dernières instructions aux navires qu'ils devaient aller à l'astéroïde

L'ordre était de le détruire à tout prix.

pensa Knut.

Il avait perdu quelques vaisseaux interplanétaires, ainsi que leurs équipages, mais il savait que KL 1 était le dernier. L'esprit puissant à ses côtés sous la forme d'un spécimen terrien, du sexe opposé, l'empêcherait à l'avenir.

"...Je t'aime...Je t'aime..." Non, ils n'étaient pas si absurdes malgré ce qu'il ne comprenait pas ; il ne le comprendrait jamais.

FIN

99

www.ingramcontent.com/pod-product-compliance
Lightning Source LLC
Chambersburg PA
CBHW022008150726

48196CB00047BA/1002

9798231011063